Michael Morpurgo

Le roi Arthur

Illustrations de Michael Foreman

Traduit de l'a[...]
par Noël Cha[...]

GALLIMARD JEUNESSE

Pour Ros, qui m'a tant aidé

La cloche

Le jeune garçon sortit de chez lui dès l'aube, avec assez de provisions dans son sac à dos pour tenir jusqu'au soir. C'était une chose qu'il s'était toujours promis de faire le jour où il en aurait la possibilité et où les conditions seraient favorables. Il n'avait fait part de ce projet à personne, parce qu'il savait que sa mère se serait inquiétée, que sa petite sœur aurait vendu la mèche et que son père aurait essayé de l'en dissuader. Pour eux, il partait pêcher la crevette autour de l'île de Samson. Il se lèverait tôt pour profiter de la grande marée d'équinoxe du printemps dès qu'elle commencerait à baisser, ce qui lui permettrait de passer à pied sec de Bryher à Tresco, puis de Tresco à Samson. Ça, c'était ce qu'il leur avait dit. Tout le monde en faisait autant, mais ce que personne n'avait jamais fait, à sa connaissance tout au moins, c'était de gagner à pied les îles du Levant et d'en revenir. Tout le monde prétendait que c'était irréalisable entre deux marées. Son père était absolument formel. C'était en partie pour cela que le garçon était bien décidé à le faire.

Il avait tout prévu. Il connaissait les eaux qui baignent les îles Scilly comme sa poche, ayant vécu là chacune des douze années de sa courte vie. Du pont du bateau de pêche de son père, il avait observé chaque récif, chaque banc de sable. Il connaissait les marées, les courants et les nuages. L'équinoxe de printemps provoquerait la plus grande marée que l'on ait vue depuis des années. Le temps était stable et idéal – ciel rouge la veille au soir – et les vents étaient bien orientés. À condition de quitter les îles du Levant à midi et demi, il aurait le temps de regagner Bryher et de rentrer chez lui avant que la marée ne remonte et ne lui barre le passage. Il savait que, à certains endroits, il serait forcé de se mettre à l'eau jusqu'aux épaules. Et, au pire des cas, il pourrait toujours nager : il était le meilleur nageur de l'école. C'était faisable. Et il le ferait.

Sur la grève de Green Bay, il regarda le détroit de Tresco en sentant la boue froide s'immiscer entre ses orteils. Il consulta sa montre : presque six heures. Un couple d'huîtriers qui s'affairait sur les hauts-fonds fut dérangé par une bande de mouettes criardes qui se dis-

putaient un crabe. Ils s'envolèrent en glapissant d'indignation. La mer baissait rapidement dans le détroit de Tresco. Il n'y avait pas un souffle de vent, pas un nuage dans le ciel de l'aube. Le garçon remonta son sac à dos et se mit à courir vers Tresco. Comme il l'avait prévu, le fusant s'écoulait encore dans le détroit. Il y barbota, mais la force du courant le contraignit bientôt à marcher. Il retira son sac à dos, le posa sur sa tête et s'enfonça plus profondément. La froideur de l'eau lui coupa le souffle. Il se dit qu'il avait dû partir trop tôt, qu'il vaudrait peut-être mieux faire demi-tour et attendre que la marée baisse un peu plus mais, au bout de quelques pas, le sol commença à remonter et il se retrouva bientôt à sec. Il escalada les dunes et se remit à courir. Lorsqu'il passa devant l'église de Tresco, l'horloge marquait sept heures moins le quart. Il était dans les temps.

Quand il arriva au port d'Old Grimsby, les fonds étaient en vue. À croire que Moïse l'y avait précédé. L'eau s'écoulait encore par endroits, mais le chemin à suivre était bien visible : Tean, puis traverser jusqu'à St Martin's et longer le rivage jusqu'à la baie de Higher Town. De là, on apercevait les îles du Levant toujours entourées d'eau, mais le banc de sable de Ganilly formait déjà un îlot doré sous le soleil matinal. Ce banc de sable serait sa seule voie d'accès, à l'aller comme au retour. Dans moins de deux heures, d'après ses calculs, il formerait une courte digue jusqu'aux îles du Levant. Il faudrait faire vite. Il avala son petit déjeuner sans s'arrêter, deux petits pains à la saucisse et un sandwich à la confiture qu'il engloutit trop vite, ce qui l'obligea à faire halte et à boire un peu d'eau de sa gourde pour les faire passer. Puis il repartit vers Tean en mordant dans sa première pomme.

La marée étant toujours descendante, il savait que c'était le trajet le plus facile. C'est au retour jusqu'à Bryher qu'il faudrait battre la marée de vitesse. L'horaire devait être parfaitement respecté. Aussi, plus tôt il atteindrait les îles du Levant, mieux cela vaudrait. Une fois là, il disposerait tout juste d'un quart d'heure pour déjeuner et se reposer. C'est avec cette seule idée en tête qu'il atteignit St Martin's et courut le long de la plage en s'efforçant de rester sur le sable mouillé, moins fatigant, pour ses jambes lasses, que le sable mou proche des dunes.

Maintenant, le soleil était haut et lui chauffait le crâne. Le sac à dos lui frottant les épaules, il passa ses pouces sous les bretelles pour les soulager. Quand les rochers succédèrent à la plage, il bifurqua vers l'intérieur des terres et suivit le sentier qui serpentait entre les fougères en direction de Higher Town. Au moment où il passait devant le portail de l'école, il aperçut Morris Jenkins qui venait à sa rencontre. C'était la dernière personne au monde que le garçon souhaitait rencontrer. Morris voudrait bavarder. Il voulait toujours bavarder.

– Qu'est-ce que tu fais là ? lui cria Morris.

– Je t'expliquerai plus tard, répondit le garçon tout essoufflé en accélérant l'allure.

– Tu t'entraînes pour le marathon, ou quoi ?

– Quelque chose comme ça.

Une fois hors de vue, il poussa un soupir de soulagement et ralentit. Ses jambes lourdes l'invitaient à s'asseoir, à se reposer, mais il n'osait pas, pas encore. Il songea à Morris. Il avait résisté à la tentation de lui dire où il allait, ce qu'il faisait. L'autre se serait moqué de lui. En temps voulu, lorsqu'il aurait gagné son pari, il en parlerait à qui il voudrait, il le raconterait à tout le monde. Certains ne le croiraient pas, évidemment, dont Morris, mais tant pis. Lui saurait à quoi s'en tenir, et c'était la seule chose qui comptait vraiment. Il croqua une autre pomme et pressa le pas vers les îles du Levant.

À midi, le garçon trônait triomphalement sur le plus haut rocher de Great Ganilly, la plus grande des îles du Levant. Maintenant, on apercevait par-ci par-là quelques silhouettes isolées, pêchant la crevette autour de St Martin's, mais il était rigoureusement seul aux îles du Levant, en dehors d'un phoque solitaire au large et de quelques sternes glapissantes qui piquaient vers lui pour essayer de lui faire quitter son rocher. Il resta où il était et déjeuna sans s'occuper d'elles. Elles finirent par se décourager et le laissèrent en paix. Il termina son dernier sandwich et consulta sa montre : il avait dix minutes d'avance. Il allait se reposer pendant une minute ou deux avant de se remettre en route. Il

avait tout le temps. Il s'étendit sur le rocher, la tête appuyée sur son sac à dos, les yeux clignotant sous le soleil éblouissant. Il les ferma et se demanda à quoi ressemblaient les îles Scilly lorsqu'elles ne formaient qu'une seule grande île, avant qu'elles basculent, quinze cents ans plus tôt, et laissent l'océan les envahir. S'agissait-il d'un tremblement de terre, ou peut-être d'une lame de fond ? Personne n'en savait rien.

C'était un mystère. Il aimait les mystères, il aimait l'inconnu. Bercé par la chaleur silencieuse et plus fatigué qu'il ne le croyait, il s'assoupit.

Lorsqu'il se réveilla, le soleil, le ciel et la mer avaient disparu. Il était enveloppé par un brouillard épais. La corne de brume du phare de Bishop Rock mugissait au loin, comme en écho à la peur qui s'infiltrait dans le cœur du garçon. Il descendit à tâtons parmi les fougères. Sur le rivage, le temps serait plus clair. Il devait être plus clair. Il fallait qu'il soit plus clair. Si le banc de sable était visible, il trouverait son chemin pour rejoindre St Martin's. Tout allait bien, parfaitement bien ! Le banc de sable était là, s'étirant dans le brouillard. Il lui suffisait de le suivre pour être en sécurité. À ce moment-là seulement, il songea à regarder sa montre : une heure moins vingt-cinq. Seulement cinq minutes de retard. Il fallait qu'il se dépêche. Il partit en courant sur le banc de sable, cherchant des yeux, dans toute cette blancheur, une ombre susceptible d'être St Martin's. Ce devait être par là. C'était sûrement par là. Il pataugeait dans des flaques sableuses et, soudain, ces flaques cessèrent brusquement d'être des flaques pour devenir la mer elle-même. Il ne

12

pouvait pas aller plus loin. L'océan se refermait autour de lui. Pétrifié par la peur, il tendit l'oreille. Il entendit le murmure des vaguelettes montant à l'assaut du sable. Tout à coup, une bouffée de vent venue du large le transperça jusqu'aux os, mais lui donna le seul espoir qui lui restait. Il était perdu. Great Ganilly avait disparu, St Martin's était invisible. Seul le vent pouvait encore le sauver. Si seulement ce vent parvenait à dissiper le brouillard opaque, il pourrait au moins trouver son chemin sur le banc de sable et regagner à la nage Great Ganilly où il serait en sécurité. Aussi resta-t-il immobile dans le vent, regardant autour de lui et attendant en priant pour que le brouillard s'éclaircisse. Dérouté, désorienté et craignant maintenant pour sa vie, il chercha le point le plus élevé qu'il put trouver sur le banc de sable. Un calme étrange l'envahit, un détachement de lui-même. Il se demanda si c'était le commencement de la fin. Quand il cria, ce fut uniquement pour entendre le son de sa voix et s'assurer qu'il était encore en vie, mais lorsqu'il eut commencé, il ne s'arrêta plus. Il cria, il hurla jusqu'à en avoir mal à la tête, jusqu'à s'en casser la voix. Ses cris étaient aussitôt étouffés, escamotés. C'était sans espoir. Il se laissa tomber à genoux sur le sable et renonça à lutter. La mer allait l'emporter, le noyer et broyer ses os pour en faire du sable.

Une cloche tinta au loin, sur les flots, une cloche de navire. Le garçon doutait encore de l'avoir véritablement entendue lorsqu'elle tinta à nouveau. Assourdie par le brouillard, elle n'avait aucune résonance, mais elle était bien réelle. Ce n'était pas un effet de son imagination. Il bondit sur ses pieds et s'élança sur le sable en criant :

– Par ici ! Par ici ! Au secours ! Sauvez-moi !

Il s'arrêta pour écouter la réponse. Il n'y en eut pas, seulement la cloche tintant quelque part au large, lointaine, faible, mais indiscutable. Il pataugea dans les flaques et eut bientôt de l'eau jusqu'à la taille. Maintenant, il ne s'arrêtait plus que pour écouter la cloche, pour s'orienter, pour se convaincre une fois de plus qu'il ne s'agissait pas d'une illusion. La cloche devint plus proche, plus nette. Le garçon était sorti de la mer et courait sur des galets où ses pieds glissaient, dérapaient. À plusieurs reprises, il trébucha et tomba sur les genoux, mais, chaque fois, la cloche le fit relever en lui donnant un nouvel espoir, de nouvelles forces. À présent, il était persuadé qu'elle l'appelait, qu'elle le guidait, qu'elle l'aidait…

– Où êtes-vous ? Où êtes-vous ? cria-t-il.

La cloche lui répondit une fois de plus, et il repartit vers elle en chancelant. Puis il recommença à barboter, et ne s'arrêta pas. Il n'avait pas le choix, il devait suivre la cloche. Lorsque l'eau atteignit son menton et qu'il lui fut impossible de marcher, il se mit à nager. Il s'arrêtait toutes les quatre ou cinq brasses pour écouter la cloche mais, à chaque halte, elle semblait plus éloignée. La mer le refoulait. Il lutta contre le courant à grands coups de pied, mais comprit que c'était une bataille perdue. Il appela au secours, et l'eau salée lui emplit la bouche et le suffoqua. Ses forces déclinaient rapidement. Le froid de la mer étreignit ses jambes et provoqua des crampes. Ses bras ne parvenaient plus à soutenir sa tête hors de l'eau. Il cria une dernière fois, et la mer l'engloutit. Ses dernières pensées lucides furent pour sa mère. Il la vit ramasser un sac à dos trempé et le serrer sur son cœur en pleurant, le sac à dos qu'il avait dû oublier sur Great Ganilly. Au moins, elle saurait qu'il était allé jusque-là. Des algues s'enroulèrent autour de ses bras et l'empêchèrent de remonter à la surface. Il se prit à espérer que le paradis existait.

Le paradis était bien chauffé, ce dont le garçon se félicita. Un dernier frisson le débarrassa de son restant de froidure, et il regarda autour de lui. Il était couché dans un grand lit et couvert de fourrures dont les poils lui chatouillaient les oreilles. Un bon feu ronflait auprès de lui, et un homme portant une longue cape grise le tisonnait du bout de son bâton en faisant jaillir des gerbes d'étincelles dans la cheminée. De son vivant, le garçon avait souvent essayé de se représenter le ciel. Eh bien, le ciel ne ressemblait en rien à l'image qu'il s'en était faite. Il se trouvait dans ce qui semblait être une vaste salle, éclairée de tout côté par des torches flamboyantes, au milieu de laquelle se dressait la plus grande table qu'il ait jamais vue, une table parfaitement ronde, entourée d'une centaine de chaises. Au fond de la salle, un escalier taillé dans le roc s'élevait en spirale dans des ténèbres enfumées. Le garçon toussa.

— Enfin, dit l'homme en se redressant et en se tournant vers le garçon, te voilà quand même réveillé.

Le garçon retrouva sa voix.

– Vous êtes le bon Dieu ? demanda-t-il.

L'homme renversa la tête en arrière et éclata de rire. Ses cheveux et sa barbe étaient blancs et très longs, mais ses traits et ses yeux étaient ceux d'un homme encore jeune. Trop jeune pour être le bon Dieu, estima le garçon au moment même où il posait la question.

– Non, répondit l'inconnu et il s'assit sur le lit à côté du garçon. Je ne suis pas le bon Dieu. Je m'appelle Arthur Pendragon et je vis ici, si on peut appeler cela vivre. (Il se pencha en avant et chuchota.) Elles me tiennent enfermé dans cette caverne tout au long de l'année. L'ours qui hiberne n'a-t-il pas lui-même le droit de sortir à la fin de l'hiver ? Soyez patient, me disent-elles. Soyez patient, et votre heure viendra.

– Elles ?

– Elles sont six, six grandes dames. Ce sont elles qui m'ont amené ici. Il faut qu'il y ait un tel brouillard que

16

personne ne risque de m'apercevoir pour qu'elles me laissent sortir. Je suis censé me reposer, mais il y a des années que je n'arrive plus à dormir convenablement. Je fais des rêves, et mes rêves me disent que mon heure est proche, qu'on aura bientôt à nouveau besoin de moi. Je n'attends plus qu'un messager. (Il parlait maintenant on ne peut plus sérieusement.) Ce ne serait pas toi, par hasard ?

Le garçon terrifié eut un mouvement de recul.

– Non, évidemment pas. Ce n'est pas possible. Tu n'as pas sonné la cloche, n'est-ce pas ? Elles m'ont dit que, quand il viendrait, il sonnerait la cloche.

L'homme sourit avec ses yeux, et le garçon comprit qu'il n'avait rien à craindre. Il réalisa brusquement qu'il se pouvait qu'il appartînt encore au monde des vivants.

– Alors, je ne suis pas mort ? se hasarda-t-il à demander.

—Pas plus que moi, répondit Arthur Pendragon. Mais tu as bien failli disparaître.

Devant l'âtre, un tapis s'agita et devint un chien, un deerhound, le grand lévrier d'Écosse. Le chien bâilla, s'étira et s'approcha nonchalamment du lit.

—Je te présente Bercelet, dit Arthur Pendragon en grattant la tête du chien. Mon seul compagnon dans ma longue réclusion.

Les dames qui m'ont amené ici ne sont pas causantes. Elles sont bonnes pour moi et je ne manque de rien, mais autant vivre avec des ombres. Il est vrai que, maintenant, nous t'avons, pour quelque temps tout au moins. C'est Bercelet qui t'a entendu le premier, tu sais. Comme moi, il attend le brouillard avec impatience, afin de nous échapper durant quelques heures de cette espèce de tombeau. Mes six dames t'ont entendu aussi. « Surtout, ne bouge pas, m'ont-elles recommandé, sinon tu te trahirais. — Ne pas bouger ! ai-je protesté. C'est pour le coup que je me trahirais, et cela, je ne le ferai jamais, jamais plus ! » Et j'ai sonné la cloche, mais tu n'es pas venu. J'ai sonné encore et encore, et tu n'es quand même pas venu. Alors, je suis parti te chercher. J'ai l'impression que je t'ai découvert avant qu'il ne soit trop tard.

—Vous m'avez repêché ?

Arthur Pendragon hocha la tête en souriant.

—Elles sont très mécontentes de moi, mes gardiennes. Mais au moins, j'ai quelqu'un à qui parler, quelqu'un du monde réel. Oh, je parle à Bercelet, évidemment, et à moi-même. Je me parle beaucoup à moi-même. Tu sais ce que je fais ? Je me raconte inlassablement les vieilles histoires, pour être sûr de ne pas les oublier. Les histoires, c'est comme les personnes, elles disparaissent quand on les oublie. Et si elles disparaissaient, alors je disparaîtrais avec elles. Je veux qu'on sache ce qui est arrivé, ce qui s'est réellement passé. Je ne veux pas qu'on nous oublie.

Le garçon se redressa brusquement. Il regarda sa montre, mais le cadran était embué. Il la porta à son oreille, mais le mécanisme était arrêté.

– Depuis combien de temps suis-je ici ?

– Tu as dormi une demi-journée et toute une nuit.

– Alors, il faut que je rentre, dit le garçon. Ils vont me croire mort.

– Non, sûrement pas, dit l'inconnu. Nous te ramènerons chez toi d'ici peu, dès que tes vêtements seront secs. Les dames voulaient te renvoyer immédiatement, tout froid et trempé, mais je m'y suis opposé. « Nous le renverrons chaud et sec », leur ai-je dit. Et c'est ce que je ferai, parole de roi, et ce roi-là ne manque pas à sa parole, plus jamais.

– De roi ? Vous êtes un roi ?

– Je te l'ai dit, je suis Arthur Pendragon, suzerain de Bretagne, qui a passé ces derniers siècles en hibernation ici, à Lyonesse.

Le garçon ne put s'empêcher de sourire. Le vieil homme hocha la tête avec compréhension et continua :

– Tu ne me crois pas, n'est-ce pas ? Au fond, pourquoi me croirais-tu ? Mais tu peux croire que je t'ai sorti de la mer. Croire que je t'ai porté ici. Croire que ce sont tes vêtements qui sèchent près du feu. Croire que tu es couché dans mon lit. Tiens, touche ma main. De la chair et du sang, comme la tienne. (La main qui caressa la joue du garçon était tiède et rugueuse, aussi rugueuse que celle de son pêcheur de père.) Tu vois ?

– Mais le roi Arthur… ce n'est qu'une histoire, une légende.

– Une légende, dis-tu ? Une légende ! Tu entends cela, Bercelet ? Ton maître est une légende. (Il se tourna à nouveau vers le garçon.) Ainsi, tu as entendu parler de moi ?

– Oui, acquiesça le garçon. Un peu. Cette épée, dans le lac…

– Excalibur. C'est tout ce que tu connais ? Eh bien, pendant que nous attendons que tes vêtements sèchent, tu vas entendre le reste. C'est une longue histoire, une histoire de grand amour, de grande tragédie, de magie et de mystère, d'espoir, de triomphe et de désastre. C'est mon histoire, mais pas uniquement la mienne. Sur les chaises vides que tu vois autour de la Table ronde s'asseyait autrefois une assemblée de chevaliers, les hommes les meilleurs et les plus courageux que ce monde ait jamais connus. Et ils étaient aussi mes amis. Je te parlerai d'eux, je te parlerai de moi. Maintenant, allonge-toi et repose-toi.

Il tapota le lit, et Bercelet y sauta d'un bond, se coucha à côté du garçon, poussa un gros soupir et lui lécha la main.

– Je sais, Bercelet, tu as déjà entendu cette histoire bien des fois, n'est-ce pas ? Et d'ailleurs, tu y étais… la

20

plupart du temps, en tout cas. (Le chien ferma les yeux et poussa un nouveau soupir.) Seulement, ce jeune homme ne la connaît pas, alors il va falloir en prendre ton parti. Je commencerai par le commencement, quand j'étais encore un enfant à peine plus vieux que tu ne l'es aujourd'hui.

Arthur Pendragon se rassit à côté du feu, contempla un instant les flammes et commença son récit.

Fils de personne

Quand je te regarde, il me semble revoir l'enfant que j'ai été, rêveur, aventureux. Il faut que je fasse un effort pour me rappeler le château où j'ai grandi, le lit où j'ai dormi, la table où j'ai mangé, mais je revois clairement, par la pensée, les forêts sauvages du pays de Galles et les montagnes balayées par les vents où j'ai passé mes jeunes années. Des années insouciantes, en vérité. J'avais une mère comme meilleure amie et un père comme compagnon de tous les instants et comme professeur. C'est lui qui m'apprit à chasser, à marcher sans bruit, à tuer proprement. C'est lui qui me montra comment tenir un faucon, comment maîtriser un renard, comment tirer à l'arc sans trembler en bandant la corde, et comment manier l'épée et la lance comme un chevalier doit savoir le faire. Mais c'est ma mère qui m'enseigna les choses importantes. Par elle, j'appris ce qui est bien et ce qui est mal, ce qui doit être et ce qui ne doit pas être. Des leçons que je continue à apprendre, mon ami. De ma vie entière, je n'ai jamais aimé personne plus que ma mère, et je crois n'avoir jamais détesté personne plus que mon frère aîné Kay.

Kay avait six ans de plus que moi, et il fut le fléau de ma jeunesse. Il s'ingéniait toujours à me faire endosser la responsabilité de ses propres méfaits en essayant de monter Père contre moi… et en y parvenant souvent. Je me retrouvais confiné dans ma chambre ou fouetté pour une faute que je n'avais pas commise, et je revois la lueur sarcastique et triomphante qui brillait alors dans les yeux de mon frère. Mais avec Mère, il ne réussit jamais à me faire accuser. Jamais elle n'accepta d'écouter un seul mot contre moi, que ce fût de Kay ou de Père. Elle fut mon alliée constante, mon roc.

Mais elle mourut. Elle mourut alors que je venais d'atteindre mes douze ans. Quand elle fut couchée sur son lit de mort, les yeux ouverts mais aveugles, je tendis la main pour caresser une dernière fois sa joue. Kay m'empoigna par un bras et me tira brutalement en arrière.

— Ne t'avise pas de la toucher, grinça-t-il, les yeux étincelants. C'est ma mère, pas la tienne. Toi, tu n'as pas de mère.

Je me tournai vers Père et, à son battement de paupières, je compris que Kay disait la vérité.

— Kay, dit-il en secouant tristement la tête. Comment peux-tu dire une chose pareille en ce moment, alors que le froid de la mort n'a pas encore envahi ta mère ? Ce que je t'ai révélé, je te l'ai confié sous le sceau du secret. Comment peux-tu être aussi cruel ? Toi, mon propre fils.

— Et moi ? dis-je. Je ne suis pas votre fils ? Elle n'était pas ma mère ?

— Ni l'un ni l'autre, répondit Père, et il détourna les yeux. J'aurais dû te l'expliquer plus tôt, mais je n'ai jamais pu m'y résoudre.

— Mais alors, m'écriai-je, si je ne suis pas votre fils et si je ne suis pas le sien, de qui suis-je le fils ? Je ne peux pas être le fils de personne.

Il me prit par les épaules. Brusquement, il avait l'air d'un vieillard.

— Mon garçon, dit-il, je ne peux pas te dire qui tu es. Tout ce que je sais, c'est que Merlin t'a apporté ici alors que tu étais un nouveau-né. C'est Merlin qui m'a fait promettre de te garder, de te protéger et de t'élever comme mon propre fils, et je l'ai fait de mon mieux. S'il m'est parfois arrivé d'être sévère avec toi, c'était parce que j'avais toujours cette promesse à tenir.

— Merlin ? demandai-je. Qui est ce Merlin ?

Cette question fit ricaner Kay.

— Tu ne fais donc rien d'autre que de rêvasser ? Tout le monde sait qui est Merlin. C'est le créateur de l'ancienne magie druidique, un enchanteur, un devin. Il connaît tout, le passé comme l'avenir. Pourquoi il s'est occupé de toi, je n'arrive pas à le comprendre.

Je me tournai vers Père.

— C'est vrai, tout ça ? J'ai été apporté ici par ce Merlin ? Ma mère n'était pas ma mère ? Vous n'êtes pas mon père ?

Il hocha la tête, et je compris que le chagrin qui crispait son visage était le reflet du mien. Mais il fallut que Kay jette encore un peu de sel sur la plaie.

– C'est tout vu, claironna-t-il. Tu es un bâtard, un enfant trouvé. Tu peux nous être reconnaissant de t'avoir recueilli chez nous.

Mon sang ne fit qu'un tour. J'avais beau être petit, je l'assommai d'un coup de poing, et j'aurais continué à le frapper si Père ne m'avait pas retenu.

– Ce n'est pas comme cela que je t'ai élevé, Arthur, dit-il.

Il me tenait toujours par les bras, mais je me libérai d'une secousse et m'enfuis dans la forêt où j'errai durant des jours et des jours, comme un animal blessé rendu fou par la douleur.

Je finis par aboutir dans un vallon ignoré, tapissé de jacinthes des bois, au milieu duquel un ruisseau paisible murmurait sur un lit de cailloux. Mourant de faim et de soif, je me jetai à plat ventre et bus tout mon content. Et, en buvant, je réfléchis. J'avais entendu parler de vieillards qui, n'ayant plus le courage de continuer à vivre, cherchaient un endroit dérobé comme celui-là et s'y couchaient pour mourir, pour être dévorés par les loups et dépecés par les corbeaux. Là, sur la berge, au milieu des jacinthes, je décidai de m'étendre pour ne plus me relever. Je fermai les yeux et sombrai dans le sommeil de la mort. Je n'avais pas peur. J'allais rejoindre Mère et laisser derrière moi toute la misère de ce monde.

Du plus profond de mes rêves tourmentés, j'entendis approcher un animal qui se frayait un chemin parmi les jacinthes et pataugeait dans le ruisseau. Un souffle chaud balaya mon visage, et je compris que ce n'était plus un rêve. Me raidissant dans l'attente des lacérations et des déchirements que je savais devoir endurer avant de passer de vie à trépas, j'ouvris les yeux, curieux de voir le loup qui allait m'achever. Il se tenait au-dessus de moi, la langue pendante, ses grands yeux gris clignotant paresseusement. Ce n'était pas un loup mais un deerhound et, à ce moment-là, une voix le rappela. Un vieil homme en haillons, qui avait l'air d'un mendiant, traversait le ruisseau à gué, pieds nus sur les cailloux et appuyé sur un bâton pour ne pas glisser. Tout faible que j'étais, je m'efforçai de repousser le chien.

– Vous êtes une odeur inconnue, m'expliqua le mendiant. N'ayez pas peur, Bercelet ne vous fera aucun mal. (Il s'approcha et s'assit lourdement à côté de moi.) Vous n'auriez pas un petit quelque chose à donner à un pauvre mendiant ? me demanda-t-il, mais je secouai la tête, car je n'avais rien, et il continua : Alors, donnez-moi au moins un peu de votre temps. Le temps ne coûte rien, et un jeune homme comme vous en possède d'abondantes réserves. Vous avez une longue vie devant vous, plus longue que vous ne le pensez, peut-être même plus longue que vous ne le souhaiterez. Depuis que le suzerain Utha est mort, je sillonne ce pays de bout en bout et je n'y vois que ruine et désolation. Partout, j'y trouve la famine et la cupidité marchant la main dans la main et prospérant. Je vois un royaume divisé et affaibli. Je vois des seigneurs et des rois se chamaillant comme des moineaux. Et, pendant qu'ils se querellent, les Pictes[1] et les Écossais descendent du Nord en pillant et en brûlant tout sur leur passage, tandis que les Irlandais et ces maudits Saxons font franchir les mers à des hordes contre lesquelles nous sommes désarmés. Ils prennent nos villes, nos villages, nos fermes. Ils incendient nos églises, ils asservissent les nôtres, et nous ne pouvons rien faire parce que tout courage nous a abandonnés. Nous sommes un peuple totalement dépourvu d'espérance. (Il regarda autour de lui.) Vous voyez ce vallon de jacinthes ? Tout y a commencé il y a mille ans, peut-être deux mille, par une unique jacinthe qui a fleuri, vigoureuse et fière, et ensuite, une par une, les autres sont sorties de terre autour d'elle, et un fouillis de broussailles et de ronces s'est transformé en ce paradis terrestre. En grandissant, vous pouvez devenir exactement comme cette fleur, et alors d'autres vous suivront. Il suffit d'une. Ne pensez plus à la mort, jeune homme. Ouvrez les yeux et admirez ce qu'une fleur peut faire. À ce moment-là, vous saurez ce qu'un homme peut faire. Toute la Bretagne pourrait devenir aussi belle que ce bois. Vous pouvez être la première jacinthe, celle par qui tout commence. (Ses yeux noirs me sourirent gentiment, et il ébouriffa le cou de son chien.) Il me suffit de regarder les yeux d'un homme pour voir son âme. Je vois dans la vôtre la graine de la grandeur. Laissez-la germer.

1. Nom du peuple établi jusqu'au IXe siècle dans les basses terres de l'Écosse.

Nous bavardâmes encore un moment, puis il appuya sa tête contre un arbre et nous nous endormîmes. Lorsque je me réveillai, il était parti, et le chien Bercelet également. Je commençai par croire que le mendiant avait fait partie de mon rêve, mais ensuite je vis les jacinthes aplaties là où il s'était assis, ainsi que son bâton, oublié contre le tronc d'un frêne. Je me levai aussitôt, le bâton dans la main, et je l'appelai. Mais seul le ricanement moqueur d'un geai me répondit.

Je restai encore quelques jours dans le mystérieux vallon aux jacinthes, en espérant que le mendiant et son chien allaient revenir. Mais ils ne revinrent pas. Je me nourrissais des truites brunes qui se blottissaient dans les recoins ombreux du ruisseau en s'offrant à mon appétit. Je m'en gavais et, en retrouvant mes forces, je repris courage. Je quittai la forêt et rentrai chez moi.

J'étais parti depuis un mois, peut-être même davantage, et on me croyait mort. Père me serra dans ses bras en pleurant.

— Ne pense jamais plus que tu n'es pas mon fils, me dit-il. Kay, je l'ai engendré et je l'aime comme un homme a le devoir d'aimer sa progéniture. Mais toi, j'ai choisi de t'aimer, et je vous aime l'un et l'autre non seulement comme un père, mais aussi comme un ami.

Mais, pendant qu'il m'étreignait, je vis briller dans les yeux de Kay la lueur glacée de la jalousie et je compris que mon frère n'était pas mon ami et ne le serait jamais.

Les années passèrent, et je gardais toujours en

mémoire ma rencontre avec le mendiant au milieu des jacinthes. J'avais également conservé son bâton. Autour de moi, on parlait de plus en plus des Saxons pillards qui chassaient nos braves paysans de chez eux, et on disait qu'aucun roi n'était assez fort pour leur tenir tête. Ceux qu'ils ne tuaient pas, ils les traquaient en les refoulant dans les vallées et les forêts du pays de Galles. Ces pauvres gens s'enfuyaient sans rien emporter d'autre que les vêtements qu'ils avaient sur le dos. Ils n'avaient aucun endroit où s'abriter, et rien à manger. Nous les aidions de notre mieux, mais ce n'était jamais suffisant. J'entendais des récits d'incendies, de massacres et d'abominables cruautés. Seuls le sud de la Bretagne et le pays de Galles étaient encore à l'abri des envahisseurs, mais pour combien de temps ?

En ce qui me concernait, l'entraînement au combat devenait une priorité. À l'épée et à la lance, j'affrontais chaque jour Père, Kay et tous ceux qui pouvaient m'en apprendre davantage. Au cours de ces simulacres de combats, Kay cherchait souvent à m'agacer – j'observai que c'était toujours en l'absence de Père – en me traitant de « bâtard de frère », mais j'écartais ses sarcasmes avec un sourire, comme on détourne un coup d'épée avec un bouclier.

Un jour d'hiver, alors que j'avais une quinzaine d'années, un message parvint au château, nous informant que Son Excellence l'archevêque de Bretagne convoquait à Londres tous les chevaliers du royaume, afin de décider, une fois pour toutes, qui deviendrait enfin le suzerain de toute la Bretagne et prendrait le commandement de la lutte contre les Saxons. Père était convaincu que, pour nous tous, c'était le dernier espoir qui restait et que, quelque long et dangereux que fût le voyage, nous devions nous rendre où on avait besoin de nous.

— Et tu viendras avec nous, Arthur, décréta Père. Bien que tu ne sois pas encore chevalier, j'aimerais que tu nous accompagnes.

— Dans ce cas, il pourra nous suivre comme valet, ironisa Kay. N'est-ce pas, Père ?

— Tu n'apprendras donc jamais à tenir ta langue de vipère ? dit Père. Il faut vraiment que tu me fasses honte chaque fois que tu ouvres la bouche ? (Il se tourna vers moi.) Non, Arthur, ce n'est pas comme valet que tu viendras, mais en tant qu'écuyer. Ce sera la première fois que tu quitteras le pays de Galles et que tu verras Londres.

Nous nous rendîmes donc tous les trois à Londres la semaine qui précède Noël et louâmes un logement à proximité de la grande église abbatiale. Je voyais peu Père, toujours parti discuter avec l'archevêque, les autres rois, les chevaliers et les seigneurs. Pendant la journée, Kay m'accablait de tellement de travail, à panser les chevaux et à astiquer les armures, que je n'avais même pas le temps de visiter la ville. Kay n'avait pas changé d'avis. Pour lui, je n'étais pas un écuyer, mais le plus humble des serviteurs. Il se moquait de moi devant ses amis. Quand je n'étais pas son « bâtard de frère », j'étais son « bâtard de valet ». Père étant rarement avec nous, sa méchanceté n'avait plus de limite.

Chaque soir, en rentrant au logis, Père racontait la

même histoire. On ne parvenait pas à un accord. Chaque roi, chaque seigneur, chaque chevalier avait sa propre coterie, et les vieilles rancunes ne laissant aucune place à l'harmonie, ils se disputaient comme des chats sauvages. C'était sans espoir, disait Père.

Le jour de Noël arriva, et avec lui un froid glacial. Les cloches de l'abbatiale sonnèrent sur la ville pour nous appeler à la messe. Là, dans le cadre de l'abbaye, nous nous prosternâmes et priâmes ensemble le Seigneur de nous délivrer des Saxons. L'archevêque L'implora en notre nom à tous :

– Jésus, Fils de Dieu, défends-nous et protège-nous. Nous Te demandons instamment de Te substituer à nous et de nous désigner un chef, un homme qui nous unira et nous donnera la force de lutter. Accorde-nous, Seigneur, la foi de reprendre espoir. Envoie-nous un signe. Aide-nous, doux Jésus.

Le chœur des amen à l'unisson se répercuta dans toute l'abbaye. Je regardai les têtes inclinées autour de moi et songeai aux jacinthes, dans le vallon secret de la forêt du lointain pays de Galles, et au mendiant dont j'avais toujours gardé le bâton auprès de moi. Je l'avais actuellement.

En sortant de l'abbaye, à la fin de la messe, je vis une foule nombreuse s'assembler à l'extrémité du cimetière, sous un grand if. Cela m'intrigua, et je me dirigeais vers elle lorsque Kay et quelques-uns de ses amis me dépassèrent en courant et me bousculèrent au point de me faire tomber à quatre pattes.

– Debout, mon bâtard de frère, me cria Kay. Rentre immédiatement au logis et prépare mes armes et mon cheval, c'est le rôle d'un valet. Amène-les-moi au terrain du tournoi à trois heures. Et tâche de ne pas être en retard.

Après quoi il disparut dans la foule avec ses compères hilares.

Je tournai le dos à l'abbaye et affrontai le charivari des rues de la ville. Tout le monde, apparemment, se dirigeait vers le cimetière de l'abbaye, et j'avais tout d'une truite nageant à contre-courant. En regagnant notre logement dans la cohue de ce jour de Noël, je fus saisi de nostalgie en pensant aux forêts désertes du pays de Galles, à la paix et au silence, aux alouettes et aux jacinthes. Dans ma chambre, je m'allongeai sur mon lit et m'imaginai que j'étais de retour là-bas, que le mendiant était près de moi avec Bercelet, son grand chien baveux, et que le ruisseau d'argent murmurait doucement sur les cailloux. Je sombrai dans un profond sommeil.

Les cloches de l'abbaye me réveillèrent en sonnant trois coups : trois heures.

C'est toujours la même histoire : quand on est vraiment pressé, les chevaux ne font jamais ce qu'on attend d'eux. Pendant que je les sellais, ils n'arrêtaient pas de bouger, de m'écraser les pieds, de se gonfler pour m'empêcher de serrer leur sous-ventrière. J'attachai l'armure de Kay sur son cheval, enfourchai le mien et partis. Plus d'une fois, le cheval de Kay se libéra de la longe avec laquelle je le conduisais ; et plus d'une fois, son armure se détacha, m'obligeant à m'arrêter pour récupérer tous les morceaux. Je mis les chevaux au galop dans les rues maintenant désertes, et nous franchîmes le pont dans un grand claquement de sabots. J'entendais, devant moi, les clameurs de la foule. Le tournoi était commencé.

Kay m'attendait à l'entrée au milieu de ses amis, le visage congestionné de fureur.

– D'où sors-tu ? rugit-il.

– Désolé, répondis-je. Je m'étais endormi.

– Endormi ! Tu es en retard, bougre d'idiot. Tu n'es bon à rien, même comme valet. Tu n'es qu'un misérable bâtard.

Là-dessus, il commença à s'armer, aidé par ses amis qui bouclaient les courroies de son armure pendant qu'il continuait à m'injurier. Soudain, il s'immobilisa et regarda fébrilement autour de lui.

– Mon épée ! s'écria-t-il. Où est mon épée, pour l'amour du ciel ?

Je l'avais oubliée. Dans la précipitation, j'avais négligé l'épée. Je dus l'avouer.

– Eh bien, tu as intérêt à filer la chercher ! hurla Kay.

Il assena une claque si violente sur la croupe de mon cheval que celui-ci se cabra et faillit me désarçonner. Je partis ventre à terre, poursuivi par leurs rires moqueurs, mais, petit à petit, je finis par me calmer et décidai de prendre mon temps.

En passant devant l'abbaye, j'entendis un oiseau chanter à plein gosier. Il devait s'agir d'un rouge-gorge, mais je ne le voyais nulle part. En jetant un coup d'œil dans le cimetière, j'aperçus quelque chose qui n'était pas là auparavant… ou que je n'avais pas encore remarqué. L'if abritait un gros bloc de granit gris. Soudain, un rayon de soleil se faufila entre les nuages et la pierre scintilla comme de l'acier bruni. Elle brillait tellement que son éclat me fit mal aux yeux. « Bizarre », me dis-je, et je descendis de cheval. Je commençai par attribuer ce miroitement au givre qui la recouvrait, mais je constatai bientôt que ce n'était pas la pierre elle-même qui brillait. C'était une épée, une épée qui, aussi incongru que cela puisse paraître, était plantée dans le granit. Et là, je découvris enfin le rouge-gorge que je n'avais pas cessé de chercher. Perché sur le pommeau de l'épée, il chantait à cœur joie. Lorsque je m'approchai, il ne bougea pas et m'observa attentivement. Maintenant, j'étais si près de lui que j'aurais pu le toucher en allongeant le bras, mais quand je m'y risquai, il se réfugia dans le grand if et ma main retomba sur la poignée de l'épée. À ce moment-là seulement, je songeai à Kay et à l'épée que j'avais oubliée chez nous. « Pourquoi pas ? » me dis-je. Kay ne s'apercevrait de rien. Cette épée ressemblait beaucoup à la sienne et m'épargnerait le trajet jusqu'à notre logis. J'allais emprunter cette arme, et je la remettrais en place après le tournoi. Je jetai un regard circulaire pour m'assurer qu'il n'y avait personne dans les parages. Le cimetière était désert. Je levai les yeux vers le rouge-gorge.

– Garde ça pour toi, lui dis-je.

Je saisis la poignée et tirai.

L'épée sortit facilement de la pierre, beaucoup plus facilement que je ne m'y attendais. C'était une belle arme, lourde mais bien équilibrée. Elle s'ajustait à ma main comme si elle avait été faite pour moi. L'épée au poing, je fis mes adieux au rouge-gorge et m'en allai.

En arrivant pour la seconde fois au lieu du tournoi, j'aperçus Kay et ses amis qui m'attendaient et je me raidis dans l'attente de leurs sarcasmes. Lorsque je tendis l'épée à Kay, il me l'arracha des mains sans même la regarder.

– Pas trop tôt, bougonna-t-il.

Il me tourna le dos et partit à grands pas vers le champ clos. J'attachai mon cheval et suivis à distance. C'était le premier tournoi auquel j'assistais, et le spectacle me plongea dans un abîme de stupeur et d'émerveillement. Partout flottaient des bannières multicolores, des lions, des licornes, des lis, des châteaux, claquant au vent à qui mieux mieux, une multitude de tentes qui paraissaient blanc et or sous le gai soleil, et il y avait des dames, beaucoup de dames… et quelles dames ! Chacune me semblait être une princesse. Je me promenai parmi elles, le cœur battant d'excitation. Elles me regardaient comme si je n'existais pas, mais peu m'importait. Je dévorais des yeux leur cou blanc, leur robe chatoyante et leurs bijoux scintillants, et j'en tombais aussitôt éperdument amoureux.

Les clameurs de la foule m'attirèrent vers le tournoi proprement dit. Pendant quelque temps, je restai à l'écart et observai. Une quarantaine de chevaliers s'affrontaient en se livrant des simulacres de combat, frappant furieusement d'estoc et de taille, encouragés par les rugissements de la populace qui s'esclaffait et sif-

flait chaque fois qu'un chevalier quittait le champ clos blessé et claudiquant. Et soudain je vis emmener Kay, jurant comme un possédé, son bouclier en deux morceaux et les doigts ruisselants de sang.

Je le trouvai assis par terre, crachant le sang d'une lèvre fendue. Père était auprès de lui.

– Ce ne sera rien, était-il en train de dire.

Kay jeta rageusement son épée.

– Saleté d'épée, grogna-t-il. Pas plus tranchante qu'un bâton. (À ce moment-là, il m'aperçut.) Je parie que tu ne l'avais pas affûtée, hein ?

Je ne répondis pas. Père avait ramassé l'arme et l'examinait.

– Cette épée, Kay, dit-il, c'est celle qui était plantée dans la pierre du cimetière de l'abbaye. J'en suis certain.

Il y eut un brusque silence, et des gens commencèrent à s'assembler autour de nous. Kay se mit debout. Il me regarda, les traits crispés par la perplexité et, soudain, un sourire éclaira son visage.

– Bien sûr, Père, répondit-il. Je voulais vous en faire la surprise, c'est tout. Ce matin, je n'avais pas réussi à l'arracher. Dieu sait pourquoi, je n'arrivais pas à m'assurer une bonne prise. Alors je suis retourné là-bas plus tard, tout seul, et j'ai fait un nouvel essai. Elle est sortie sans la moindre difficulté.

Père l'observait attentivement.

– C'est toi qui as retiré l'épée de la pierre ?

– Et alors ? rétorqua Kay vexé. Pourquoi ne serait-ce pas moi ? Je ne suis pas suffisamment méritant ?

Quant à moi, je restais bouche cousue. Je ne comprenais pas à quoi tout cela rimait, ni pourquoi Kay prétendait que c'était lui qui avait pris l'épée plantée dans la pierre. Pourquoi avouer une chose pareille, et même s'en vanter ? C'est toujours honteux de voler, mais voler dans un cimetière ! Si Kay voulait s'en glorifier, libre à lui. Je garderais le silence.

– Il n'y a qu'un seul moyen de trancher la question, Kay, dit Père. Nous allons retourner au cimetière de l'abbaye, remettre l'épée en place, et on verra si tu peux la sortir une seconde fois. D'accord ?

Sur le chemin du retour, au-delà du pont, je sentis les yeux de Kay fixés sur moi, et Père, lui aussi, n'arrêtait pas de pivoter sur sa selle pour me regarder. D'une façon ou d'une autre, il savait déjà que Kay avait menti et que c'était moi qui avais retiré l'épée de la pierre. Je baissai les yeux pour ne pas croiser son regard accusateur. Comment lui expliquer que j'avais seulement emprunté cette arme, que je l'aurais remise où je l'avais prise ? Il ne me croirait pas. Personne ne me croirait.

Dans le cimetière, nous nous réunîmes en silence autour de la pierre, sous le nuage de buée que nos haleines faisaient flotter dans l'air glacé. Père prit l'épée et l'enfonça profondément dans la pierre. Soudain, un oiseau se mit à chanter au-dessus de ma tête. Je levai les yeux : c'était de nouveau mon rouge-gorge, sa petite poitrine écarlate toute gonflée contre le froid.

– Eh bien, Kay, dit Père en reculant, vas-y, sors-la.

Kay s'avança. Je voyais bien qu'il aurait préféré se

dérober, mais il n'avait pas le choix. Il saisit la poignée à deux mains, respira profondément et tira de toutes ses forces. L'épée resta plantée dans la pierre. Il s'arc-bouta, le sang aux joues, la secoua, l'agita en tout sens. L'épée refusa de bouger.

— Ça suffit, Kay, dit calmement Père. Tu as menti. Tu as toujours menti. Tu m'as fait honte une fois de plus et, cette fois, en public. Descends de cette pierre. (Il se tourna aussitôt vers moi.) À toi, Arthur. Tous les autres ont déjà essayé.

Je regardai autour de moi. Le cimetière était maintenant plein de gens, et tout le monde poussait, jouait des coudes, voulait voir.

— Inutile, cria quelqu'un, ce n'est qu'un gamin.

— Et un gamin bâtard, par-dessus le marché, lança un autre.

Père me prit par la main et me fit monter sur la pierre.

— Vas-y, Arthur, dit-il. Ne t'occupe pas d'eux.

Le rouge-gorge se remit à chanter au moment où je prenais l'épée en main. Je la tirai hors de la pierre comme je l'avais déjà fait, sans effort, doucement, comme un couteau sortant d'un fromage. Le soleil se réfléchit sur la lame, et la foule fit brusquement silence. Certains se signèrent, d'autres se mirent tout de suite à genoux. Et je vis alors Père s'agenouiller également, la tête baissée.

— Non, Père ! m'écriai-je. Qu'est-ce que vous faites ? Pourquoi vous prosternez-vous devant moi ?

Il leva les yeux vers moi, des yeux pleins de larmes.

– Maintenant, je sais, dit-il. Voilà pourquoi Merlin t'avait confié à moi, il y a des années et des années de cela.

– Mais pour quelle raison ? demandai-je. De quoi parlez-vous ?

– Kay, dit Père, lis à Arthur ce qui est marqué sur la pierre. Lis-le à haute voix, qu'Arthur sache bien qui il est.

Mais Kay n'avait pas besoin de lire, il connaissait le texte gravé par cœur. Lorsqu'il parla, ses yeux ne quittèrent pas mon visage un seul instant.

– Il y a écrit, commença-t-il d'une voix hésitante, à contrecœur, il y a écrit : Celui qui retirera l'épée de cette pierre sera le légitime suzerain de la Bretagne.

– Exactement, dit une voix près de moi.

L'homme que je découvris à mes côtés avait une tête de plus que moi. Lorsqu'il repoussa le capuchon de sa cape grise, je vis un visage parcheminé, buriné par l'âge. Ses cheveux lui tombaient sur les épaules et, au soleil, ils brillaient comme de l'argent. Il posa sa main sur mon bras.

– Vous vous souvenez de moi ? Vous vous rappelez Bercelet ? dit-il.

Je compris alors que la voix appartenait au mendiant du bois aux jacinthes, et je reconnus à côté de lui Bercelet, le deerhound hirsute que j'avais autrefois pris pour un loup.

– Merlin ! murmura la foule. C'est Merlin.

– Alors, le coup de l'épée dans la pierre n'est qu'une supercherie, dit l'un des amis de Kay. Il s'agit simplement d'un tour de magicien, et non du signe de Dieu annoncé par l'archevêque.

– C'est faux, rétorqua l'archevêque en personne, qui s'avança en écartant la foule. C'est de Dieu que Merlin tient ses pouvoirs. C'est Dieu seul qui a placé cette pierre dans le cimetière, et c'est Dieu seul qui y a planté l'épée. Et les mots qui entourent celle-ci ont été gravés par Dieu lui-même. Je vous le dis, c'est le Seigneur Tout-Puissant qui a choisi ce garçon pour être notre roi.

– Il ne peut pas être roi, cria quelqu'un. Tout le monde sait que c'est le frère bâtard de Kay. D'ailleurs, ce n'est qu'un gamin.

Et des discussions enflammées éclatèrent dans tout le cimetière. Merlin les fit taire en levant les mains.

– Écoutez-moi, dit-il doucement, mais, apparemment, tout le monde l'entendit. Le garçon que vous voyez devant vous est Arthur Pendragon, et il est le légitime suzerain de la Bretagne. Il ne le sait pas encore, mais son père était le roi Utha Pendragon, et sa mère, la reine Igraine. Il est né pour être roi, né pour sauver ce royaume, et c'est Dieu Lui-même qui l'a choisi. C'était un tout petit bébé quand je l'ai enlevé à son père et à sa mère. Je l'ai enlevé pour son bien, parce que je savais que le roi était entouré d'espions à la solde de ses ennemis et que ceux-ci n'hésiteraient pas à supprimer le roi et son héritier à la première occasion. Et j'avais raison, n'est-ce pas ? Est-ce que le roi Utha n'a pas été empoisonné ? J'ai sauvé ce garçon, ce prince, ce roi. Je l'ai sauvé pour vous et pour toute la

Bretagne. Il a été élevé au plus profond du pays de Galles en tant que fils du seigneur Egbert et frère du chevalier Kay, mais il n'est ni l'un ni l'autre. Il est votre suzerain légitime. Cette pierre et cette épée en sont la preuve. Mais afin que personne, par la suite, ne puisse jamais le contester, nous laisserons l'épée dans la pierre jusqu'à la Pentecôte. Tous ceux qui le désireront pourront essayer de l'en tirer, mais je vous dis tout de suite qu'aucun autre qu'Arthur Pendragon, le roi Arthur en personne, n'y parviendra.

La foule se prosterna de nouveau devant moi, et je sentis la main ferme de Merlin peser sur mon épaule.

Durant les trois mois qui suivirent, après que j'eus tiré l'épée de la pierre, je restai à Londres et Merlin m'instruisit jour et nuit dans l'art de la royauté. Roi après roi, seigneur après seigneur et chevalier après chevalier, tous défilèrent dans le cimetière de l'abbaye pour essayer de retirer l'épée de la pierre, et aucun n'y réussit. Certains partirent furibonds, jurant qu'ils ne se soumettraient jamais à un roi trop jeune pour avoir de la barbe au menton, mais la plupart vinrent me trouver, s'agenouillèrent devant moi et me prêtèrent serment d'allégeance.

Il fallut un certain temps pour que Kay se décide à en faire autant, et quand il s'y résolut, il fut incapable de me regarder en face. Il me demanda pardon de toutes ses méchancetés.

— Si seulement j'avais su, jamais je n'aurais fait ce que j'ai fait, jamais je n'aurais dit ce que j'ai dit.

–Le passé est le passé, répondis-je. Reste auprès de moi, Kay. Tu seras l'intendant de tous mes domaines.

Je savais que je ne pourrais jamais lui faire confiance, mais je préférais le garder à portée de main, là où je pourrais le surveiller.

Merlin m'avait déjà appris beaucoup de choses. Il était constamment à mes côtés, comme mentor, comme professeur et aussi comme ami. Il était près de moi à l'abbaye le jour du couronnement, lorsque l'archevêque me sacra roi en ceignant mon front du bandeau royal. Il ne pesait pas bien lourd, ce bandeau, mais, en le portant pour la première fois, je savais déjà que le fardeau de la royauté deviendrait plus pesant d'année en année. J'aurais dû être heureux, ce jour-là, mais je ne l'étais pas. Je n'étais pas intimidé. Je n'étais pas effrayé. J'étais hébété. Même là, au bout de trois mois, je ne parvenais toujours pas à croire à la réalité de ce qui m'arrivait.

Pendant le festin qui suivit la cérémonie, Merlin se pencha vers moi et me parla à voix basse.

–Eh bien voilà, Arthur, l'aventure est commencée. Avec ces braves et d'autres qui viendront plus tard, vous allez édifier le royaume de Logres, le royaume de Dieu sur la terre, ici, en Bretagne. Et il prospérera glorieusement, au moins pour un temps. (Il s'adossa à son siège.) Aucun arbre, aussi beau soit-il, ne peut être éternel. Un jour, votre arbre se desséchera aussi et mourra. Mais il en restera un gland, un unique gland endormi dans le sol jusqu'au jour où il sera prêt à pousser à nouveau.

Pendant qu'il parlait, Bercelet vint se coucher à mes pieds. Merlin sourit.

– Vous vous souvenez du mendiant, dans le bois aux jacinthes ? dit-il. Vous vous rappelez le rouge-gorge du cimetière de l'abbaye ? J'ai le pouvoir de prendre toutes les formes que je désire, qu'il s'agisse d'un homme ou d'un animal. Et je peux aussi me diviser. Bercelet n'est pas seulement un chien, vous savez. Il est mes yeux et mes oreilles. Il est une partie de moi. Dorénavant, ayez-le toujours auprès de vous. En le gardant, vous me gardez. Ensemble, nous vous guiderons et vous protégerons.

Alors Egbert, mon cher père adoptif, se leva et tendit sa coupe vers moi, et tous les convives l'imitèrent.

– Buvons à la santé d'Arthur, notre roi, suzerain de toute la Bretagne. Puisse-t-il arracher aux ténèbres ce malheureux pays et ses habitants, et les conduire vers la lumière.

Et d'un bout à l'autre de l'immense salle, tout le monde applaudit.

Sous la table, je me pinçai la cuisse pour me convaincre que je ne rêvais pas. Bercelet posa sa grosse tête hirsute sur ma main et me mordilla les doigts. Son mordillement se transforma en morsure. Ce n'était pas un rêve. Arthur Pendragon était réellement suzerain de Bretagne. Les marques de dents sur mes jointures en étaient la preuve.

Excalibur

Le banquet terminé, Merlin et moi restâmes seuls dans la salle, à regarder mourir le feu. Bercelet, couché de tout son long à mes pieds, le museau contre les braises, s'agitait nerveusement dans son sommeil. Nous étions silencieux, absorbés dans nos pensées. Au bout d'un moment, Merlin tisonna le feu du bout d'un bâton. Quelques étincelles se mêlèrent à la fumée qui s'élevait paresseusement dans la cheminée.

– Vous voyez ce feu ? me dit Merlin. C'est votre royaume, le peu qu'il en reste. (Il l'attisa à nouveau.) Il y a encore de la vie dedans, mais elle est cachée sous les cendres. Une étincelle ou deux, c'est tout ce qu'on en voit. (Ses yeux plongèrent dans les miens.) Il faut que l'étincelle devienne flamme, et la flamme brasier, Arthur, un brasier suffisamment ardent pour chasser tous nos ennemis et exterminer la lèpre qui ronge ce pays. Ce feu, Arthur, c'est vous et vous seul qui pouvez l'allumer. Je ferai appel à tous mes pouvoirs pour vous aider, mais les forces du mal qui travaillent contre nous sont au moins aussi puissantes. Vos trois demi-sœurs n'auront pas de cesse qu'elles ne vous aient anéanti. La plus jeune d'entre elles, la fée Morgane, ne se laissera arrêter par rien pour récupérer le royaume qu'elle estime que vous avez usurpé et, croyez-moi, elle dispose de tous les sortilèges voulus pour y parvenir. Il faudra que nous nous montrions suffisamment braves, suffisamment habiles et suffisamment avisés pour en venir à bout. Quoi qu'il arrive, vous ne devrez jamais dévier de votre ligne de conduite. Votre royaume est un pays où prospèrent la cruauté et la cupidité, où aucun homme, aucune femme n'est assuré de vivre heureux et paisible durant toute son existence. Partout, dans chaque hameau, dans chaque ville, sévit la peur. Des chefs de bande et des brigands rôdent dans les campagnes en brûlant et en pillant tout leur soûl. Ivres de puissance et de convoitise, ils font ce qu'ils veulent. Partout, les paysans sont brutalisés, terrorisés, et ceux qui résistent sont massacrés. Ils n'ont pas de protecteur. Personne n'a jamais eu autant besoin d'un roi que ces malheureux. Dans leurs masures, ils vous attendent avec impatience. Dans leurs églises, ils prient pour vous. C'est pour eux et pour Dieu que vous devez lutter, Arthur, jamais pour vous-même. (Il m'empoigna par un bras.) Vous êtes prêt à vous battre ?

– Si vous êtes à mes côtés, répondis-je.

– Je serai avec vous, mais seulement tant que vous aurez besoin de moi. Un jour viendra où je devrai partir ailleurs, aider quelqu'un d'autre. Mais il vous restera Bercelet.

Il tendit le bras, prit dans l'âtre un tison carbonisé et traça sur le sol un triangle irrégulier.

– Qu'est-ce que c'est ? demandai-je.

– Votre royaume, répondit-il. Ou, plutôt, ce qui devrait être votre royaume. Actuellement, vous ne régnez pratiquement nulle part. Vous êtes cerné de tout côté par vos ennemis, ici des Saxons, là d'autres Saxons, ici des Pictes et là des Irlandais. Beaucoup de vos chevaliers se sont déjà ralliés à eux et combattront contre vous, par jalousie ou par cupidité. Et même ceux qui vous sont dévoués, les quelques fidèles qui ont festoyé ce soir en notre compagnie, n'ont jamais, de leur vie entière, goûté à la victoire. Ce sont des hommes courageux, des hommes loyaux, mais ils ont l'habitude de la défaite. Ils ont besoin de gagner, Arthur. Remportez une victoire sur les Saxons, une seule, et vous en remporterez dix, vous en remporterez cent. Donnez un cheval à chaque homme, et ce que je vous dis se réalisera. Cela, au moins, je peux vous le promettre.

Quand on est jeune, tout vous paraît possible. On ne commence à douter de soi-même qu'avec l'âge et, à cette époque-là, le doute m'était inconnu. Avec Merlin à mes côtés et des hommes montés sur de bons et solides chevaux, comme il l'avait conseillé, je partis affronter les Saxons. Nous formions une troupe disparate et, au départ, nous n'étions qu'une poignée, mais notre effectif s'accrut en cours de route. Chaque village que nous traversions nous adjoignait un bûcheron, un fermier ou un charbonnier. Les uns étaient armés d'une hache, les autres d'une vieille épée toute rouillée, quand ce n'était pas d'un glaive datant du temps des Romains, certains même n'avaient qu'une fourche. En nous voyant arriver, les Saxons ont dû rire à gorge déployée : un enfant-roi imberbe et son armée de va-nu-pieds. Mais ce qu'ils ne pouvaient pas deviner, ce qui ne se voyait pas, c'était l'acier flambant neuf dont étaient forgés nos cœurs et la terrible colère qui nous animait.

À Mount Bladon, ils nous affrontèrent avec l'assurance irréfléchie que confère l'outrecuidance. En dépit de leurs longues épées et de leurs grands boucliers, nous en vînmes facilement à bout et les exterminâmes sur place. Ils ne songeaient même pas à fuir. On dira ce qu'on voudra des Saxons, mais ce ne sont pas des lâches. Ils arrosèrent de leur sang le sol de la Bretagne, qui en resta teinté à tout jamais. Partout où tu trouves de la terre rouge, tu peux te dire que des Saxons sont venus là et y sont morts.

La promesse de Merlin se réalisa. Mon armée guerroya pendant trois ans et, durant tout ce temps-là, je ne doutai pas un seul instant de notre invincibilité. Chaque victoire nous dotait d'une énergie nouvelle et de renforts supplémentaires. Chaque brave perdu au combat était aussitôt remplacé par deux, puis par trois, puis par quatre, jusqu'à ce que nous soyons plus de vingt mille, aguerris par les batailles et tous montés sur de bons chevaux. Les Pictes se dispersèrent dans les forêts et rentrèrent chez eux sans livrer un seul combat. Les Irlandais furent également informés du traitement que nous avions infligé aux Saxons, et ils rembarquèrent au plus vite. Mais les Saxons n'en avaient pas encore fini avec nous. Ils formèrent une armée redoutable et vinrent du sud-ouest par la mer, espérant nous surprendre. Mais Merlin m'avertit à temps, et nous les attendions de pied ferme. La bande de terre rouge qui traverse toute la Cornouailles indique l'endroit où nous les avons accueillis, acculés et anéantis.

Je ne tire aucune fierté du sang répandu, et je n'y pris aucun plaisir. Au cours de ces trois années, j'assistai à plus de carnages que l'âme ne peut en supporter sans dommage. Une terrible colère me stimulait, si bien que je devins d'une folle témérité. Certains prenaient cela pour du courage, mais je savais à quoi m'en tenir. Parfois, dans le feu de l'action, un voile rouge me tombait devant les yeux. En assommant, en fouaillant, en tailladant, il me semblait devenir un autre, quelqu'un que je préférais oublier. Croyez-moi, c'est facile de tuer un homme, bien trop facile. Prendre plaisir à tuer est facile aussi, et je m'en approchais dangereusement près. Seuls les fermes conseils de Merlin maintinrent mon visage levé vers le ciel et empêchèrent mon cœur de s'endurcir.

Nos victoires et le prétendu courage de « l'enfant-roi Arthur » amenèrent une foule de seigneurs et de chevaliers, et même des rois, à ma cour de Camelot. J'avais bâti un château au sommet d'une colline entourée de marécages qui l'isolaient du monde extérieur. Ce fut là que je me retirai pour me reposer, après les guerres contre les Saxons. Je n'avais encore que dix-huit ans, j'étais l'idole de mon peuple et le vainqueur de l'envahisseur abhorré. C'était plus qu'il n'en fallait pour tour-

ner la tête de n'importe quel jeune homme, et cela tourna la mienne, en dépit de la présence de Merlin à mes côtés.

Dans ma candeur naïve, je croyais les combats terminés et m'imaginais que j'allais désormais pouvoir me consacrer à ce que Merlin appelait toujours mon « métier de roi » : le bien-être de mon peuple. Or, j'avais maintenant de nouveaux dangers à affronter. J'étais entouré de nouveaux ennemis, ces rois qui s'étaient alliés aux Saxons et refusaient toujours de me reconnaître comme leur suzerain légitime : le roi Lot d'Orkney, le roi Nantes de Garlot, le roi Idris et bien d'autres avec eux. Ils s'acoquinèrent et assiégèrent Bedegraine, ma plus puissante forteresse des Midlands. Si jamais ils s'en rendaient maîtres, ils disposeraient d'un camp retranché au cœur de mon royaume. Merlin ne me laissa pas un instant de repos : il fallait les chasser.

Aussi, tout fatigué que j'étais, physiquement et moralement, je repartis en campagne avec Merlin, à la tête de mon armée victorieuse. Le trajet fut long, et mes chevaliers languissaient dans la touffeur de l'été. En arrivant sur une crête, nous aperçûmes à nos pieds, à l'orée de la forêt, le château de Bedegraine, entouré d'une armée importante qui nous attendait. Je regardai mes hommes et me rendis compte que pas un seul d'entre eux ne souhaitait livrer bataille. Je les compris, et Merlin les comprit également, car ces gens-là n'étaient pas des Saxons, mais des Bretons comme nous. Et puis nous étions las, las de tuer.

– Disposez vos hommes sur tout le sommet de la colline, me conseilla Merlin, et commandez-leur de taper sur leur bouclier avec leur épée en criant à pleins poumons et en faisant le plus de chahut possible.

Ce que nous fîmes jusqu'à en avoir la voix cassée, jusqu'à ce que tous nos boucliers soient cabossés mais, à ce moment-là, le gros de l'armée que nous dominions avait tourné casaque et pris la fuite. Quelques acharnés restèrent pour nous défier, dont le roi Lot et le roi Nantes. La bataille fut d'une violence inouïe mais, au moins, elle ne dura pas longtemps. Les deux rois rebelles déguerpirent en abandonnant leurs morts sur le terrain. Ce soir-là, le champ de bataille fut noir de corbeaux charognards. Plusieurs des chevaliers ennemis vinrent ensuite implorer leur pardon. Merlin m'incita à me montrer grand et généreux, et à leur pardonner.

— Un ami de plus, disait-il, c'est un ennemi de moins.

Aussi ravalai-je ma colère et suivis-je son conseil. Ils me prêtèrent serment d'allégeance séance tenante et se joignirent à notre armée.

Ce soir-là, le combat terminé, nous fêtâmes notre victoire au château de Bedegraine. La conversation roula essentiellement sur la patrie et la paix mais, pendant que nous devisions, on vint nous avertir que le roi Rience de Galles du Nord venait d'attaquer le château du roi Leodegraunce de Camelaird, qui avait lutté si bravement à mes côtés contre les Saxons. Je ne pouvais pas l'abandonner et, tout fatigués de la guerre qu'ils l'étaient, je savais que mes chevaliers ne l'auraient pas voulu non plus. Rience était connu comme « le Sauvage du pays de Galles », une brute assoiffée de sang qui arborait un manteau tapageur, orné des barbes de tous les rois qu'il avait vaincus et tués. Aussi lui adressai-je un message disant que ma barbe ne méritait guère que l'on se batte pour elle, mais qu'elle serait à lui s'il parvenait à s'en emparer. Après quelques jours de repos, nous prîmes à contrecœur la route de l'Ouest et du pays de Galles.

Nous fondîmes sur lui du haut des collines de Snowdon, et ses soldats détalèrent comme des moutons dès la première charge. Nous les poursuivîmes dans les vallées, où la plupart d'entre eux furent ravis de capituler. Rience s'y refusa et le paya de sa vie. Je ramassai son manteau sur le champ de bataille et m'en couvris les épaules tandis que nous chevauchions vers Camelaird.

Dieu sait pourquoi, Merlin essayait à chaque instant de me convaincre de passer la nuit ailleurs, de prendre directement le chemin de Camelot. Il insista beaucoup, mais j'étais grisé par ma victoire et j'avais hâte de revoir le roi Leodegraunce. Et puis je savais qu'un grand festin nous attendrait, et je n'aimais rien tant que de voir mes gens souriants et satisfaits autour de moi. Nous franchîmes le pont-levis en caracolant et reçûmes un accueil délirant du roi Leodegraunce et des siens. Pendant le banquet, ce soir-là, je jetai au feu le manteau de Rience. Les flammes s'en emparèrent et le dévorèrent goulûment, et la salle vibra jusqu'aux chevrons des acclamations de joie et de soulagement.

Après quoi, dans la solitude de ma chambre, enfiévré par notre victoire et enivré par la boisson, je m'étendis sur mon lit et tendis l'oreille aux troublants échos d'une harpe. C'était la première fois que j'entendais une musique aussi mélodieuse depuis le dernier jour où ma mère avait joué pour moi, quelques semaines seulement avant sa mort. Attiré comme par un aimant, je me levai, longeai la grande galerie et traversai la cour qui lui faisait suite. À chaque pas, la mélodie devenait plus proche et plus harmonieuse. Je m'arrêtai devant une fenêtre ouverte et jetai un coup d'œil dans la pièce. Elle était vide, à l'exception d'une fille... non, plutôt d'une femme assise à côté d'une harpe. En me haussant sur la pointe des pieds pour mieux la voir, je glissai bruyamment sur le pavé mouillé, mais elle était si absorbée par sa musique qu'elle ne m'entendit pas et ne leva pas les yeux. Ses doigts couraient sur les cordes avec agilité. Ce fut de ses doigts – fins, blancs et dansants – que je tombai d'abord amoureux. Ses cheveux couleur de miel – de l'or mêlé de lait – me dissimulaient son visage, mais je n'avais pas besoin de le voir, car je savais déjà qu'il serait parfait. Je sentis une main se poser sur mon épaule.

– C'est la fille du roi Leodegraunce, dit la voix de Merlin. Elle est souffrante et a gardé la chambre.

– Comment s'appelle-t-elle ? demandai-je.

– Guenièvre, répondit-il. La princesse Guenièvre.

Pendant qu'il parlait, elle s'arrêta de jouer et tourna les yeux vers nous. Je ne m'étais pas trompé : elle était absolument parfaite, avec un visage où la douceur et la force faisaient jeu égal. Mais elle était pâle, trop pâle. Son sourire, lorsqu'il apparut, était serein et chaleureux, et ses yeux sombres souriaient avec elle.

— Merlin, murmurai-je, voilà la femme que j'épouserai.

Il essaya de m'entraîner.

— Il y a d'autres poissons dans la mer, dit-il.

— Pas pour moi, ripostai-je. Je vais lui parler.

Mais Merlin ne me lâcha pas.

— Non, Arthur. (Le ton était ferme, presque brutal. J'essayai de me libérer, mais il me tenait solidement.) Si vous l'épousez, cela ne vous causera que des soucis. Ce mariage entraînera votre ruine, ainsi que celle de votre royaume. Je sais ce que je dis.

— Et moi, je sais ce que j'éprouve, rétorquai-je, et, pour la première fois, j'étais furieux contre Merlin. N'ai-je pas toujours suivi vos conseils ? N'ai-je pas libéré mon pays de ses envahisseurs ? Dois-je me conformer éternellement à vos suggestions ? Suis-je un roi ou un pantin ?

Merlin soupira et me tourna le dos. J'étais hors de moi. Je ne pouvais pas, je ne voulais pas me résoudre à le rappeler. Lorsque je me tournai à nouveau vers la fenêtre, Guenièvre était partie. Je fermai les yeux pour garder en mémoire l'image de sa beauté, et je fis le serment, solennellement et au nom de Jésus, de ne jamais regarder une autre femme qu'elle et, le jour venu, de l'épouser… quoi que Merlin puisse en dire. Je le jurai à haute voix, afin de m'entendre prononcer ma promesse et d'être sûr de la tenir.

Ah, les promesses ! Celles qu'on a envie de tenir, on les tient, mais les autres, c'est plus difficile. Je ne me cherche pas d'excuse, si ce n'est que j'étais jeune et impulsif.

Quelques semaines plus tard, j'avais déjà trahi le premier de mes serments. Je résidais alors dans mon château de Caerleon. Merlin n'était pas avec moi. Blessé par ma rebuffade, il m'avait abandonné. Pour la première fois de ma vie, je n'avais personne à qui demander conseil, ni mère, ni père, ni Merlin. S'il avait été là, ce ne serait pas arrivé. Il n'aurait pas laissé la chose se produire, et si elle ne s'était pas produite…

Cette femme sortit apparemment de nulle part : une inconnue surgie d'une nuit de tempête, à la recherche d'un abri. Elle soupa avec nous, et quand elle riait, je riais avec elle. Bercelet grogna et montra les dents, mais je n'en tins pas compte. La vérité, c'est que cette femme me plaisait et que l'adoration que je lisais dans ses yeux me plaisait également. Elle avait deux fois mon âge mais, pour un jeune homme de dix-huit printemps, ce genre de détail importe peu. C'était une femme. Cette nuit-là – aujourd'hui encore, j'ai honte de l'avouer –, je ne pensai pas une seule fois à Guenièvre. Ce ne furent pas les rugissements de l'orage qui m'empêchèrent de m'endormir, ce fut le souvenir de l'inconnue, de la façon dont elle marchait, du parfum capiteux de sa chevelure, de l'invite de ses regards. Lorsqu'elle vint dans ma chambre, je fis semblant de dormir, mais quand elle se glissa dans mon lit, je fus incapable de feindre. Bercelet gronda d'une façon menaçante.

– Il faut choisir, dit la femme. C'est lui ou moi.

Je n'eus pas besoin d'y réfléchir à deux fois. Bercelet me lança un dernier regard d'avertissement. Je savais que c'était les yeux de Merlin qui me contemplaient, réprobateurs, déçus et néanmoins, d'une certaine manière, résignés. Je fis sortir le chien de ma chambre et retournai à mon lit.

Je ne pouvais pas m'en douter, mais cette nuit-là, à Caerleon, je semai la graine de ma propre destruction. Lorsque je m'éveillai, le lendemain matin, l'inconnue était partie. Et à ce moment-là, à ce moment-là seulement, je songeai à Guenièvre et à la façon dont j'avais trahi mon amour pour elle, à la façon dont j'avais rompu mon serment. Durant des jours et des jours, après cela, je passai mes journées à cheval, à chasser dans la campagne environnante pour essayer d'oublier ce que j'avais fait, mais je ne parvins pas à le chasser de mes pensées. Mécontent contre moi, je cherchai le réconfort dans la boisson, sans y gagner autre chose qu'une tête lourde et un cœur plus lourd encore. Il me tardait de revoir Guenièvre, tout en sachant combien j'aurais du mal à la regarder en face après ce que j'avais fait. Il me tardait également de voir revenir Merlin et de faire la paix avec lui.

Un matin, de bonne heure, alors que je m'apprêtais à partir à la chasse, un jeune écuyer arriva au galop dans la cour du palais, tirant par la bride un deuxième cheval en travers duquel gisait un corps sans vie.

– Qui a fait cela ? demandai-je.

– Le roi Pelinore, répondit-il.

Ce nom faisait trembler. De tous les rois renégats et de tous les chefs de bande qui défiaient encore ma suzeraineté, Pelinore était le plus redouté, le plus cruel.

— Il a assassiné mon maître, continua l'écuyer, et ceci sans l'ombre d'un motif. Nous étions à moins de deux lieues d'ici, après avoir voyagé durant des semaines pour rallier le jeune roi Arthur.

— Eh bien, vous voilà rendu, dis-je. Et je suis cet Arthur que vous cherchez.

L'écuyer descendit de cheval et mit un genou en terre.

— Messire Arthur, dit-il, je m'appelle Gryflet. Mon maître venait pour vous servir, pour vous suivre, et il est mort avant d'avoir pu le faire. Permettez-moi de vous servir à sa place. Je veux voir agoniser le roi Pelinore, vautré dans la fange qui est sa place. Permettez-moi de m'en charger, messire. Conférez-moi la chevalerie, armez-moi, et je vengerai le meurtre de mon maître.

Il était encore plus jeune que moi, et ses joues roses avaient une fraîcheur juvénile. Je ne pouvais pas l'envoyer combattre Pelinore, qui n'en ferait qu'une bouchée. J'aurais dû refuser tout net et y aller à sa place, mais ses yeux ardents m'imploraient et, pour être franc, je n'étais pas tellement désireux d'affronter ce Pelinore.

— D'accord, répondis-je, mais soyez prudent. Ne chargez qu'une seule fois. Si vous êtes désarçonné, arrêtez le combat. Vous ne devez pas lutter à pied. Le roi Pelinore est l'un des meilleurs bretteurs du pays. Vous vous y engagez ?

Il promit, et je vis qu'il était décidé à tenir parole. Je l'adoubai donc sans plus tarder, nous l'armâmes, et il partit. Moins de deux heures plus tard, un cheval fourbu entra dans la cour en clopinant, monté par Gryflet qui vacillait sur sa selle, le visage convulsé par la souffrance et le flanc ouvert. Il essayait de comprimer sa blessure pour l'empêcher de saigner, mais il n'y parvenait pas, et le sang qui suintait entre ses doigts tombait à grosses gouttes sur le sol, à mes pieds.

– J'ai tenu parole, messire, dit-il en s'efforçant de sourire malgré sa douleur.

Nous l'aidâmes à descendre de cheval et à gagner le château pour s'y faire panser. Furieux, beaucoup d'entre nous étaient prêts à se lancer incontinent aux trousses de Pelinore, mais je décidai que j'irais seul. Cette décision me fut dictée par l'orgueil et peut-être aussi par quelques remords. Armé d'une épée et d'une lance, Bercelet trottinant à côté de mon cheval, je franchis le pont-levis et m'engageai sur l'étroite route qui traversait la forêt. Je n'avais pas fait beaucoup de chemin lorsque j'aperçus la bannière de Pelinore, plantée à côté d'une source dans laquelle se désaltérait son cheval. Mais de lui, aucune trace, en dehors de son bouclier qui se balançait à la branche d'un vieux chêne.

– Pelinore ! appelai-je. Sortez de votre cachette ! Vous êtes peut-être capable de corriger un gamin, mais je suis d'une autre trempe. Montrez-vous, si vous l'osez !

De l'ombre du sous-bois surgit un véritable colosse, son heaume sous le bras.

– Aujourd'hui, continuai-je, vous avez tué un homme et blessé un jouvenceau, et tout cela pourquoi ?

– Parce que je joute contre quiconque passe par ici, répondit le roi Pelinore. Je n'ai d'ordre à recevoir de personne. Je fais ce qui me plaît, où il me plaît et quand il me plaît. Et il me plaît de désarçonner des chevaliers.

– Dans ce cas, rétorquai-je, irrité par son arrogance, vous feriez bien de monter sur votre cheval car, moi aussi, il me plaît de désarçonner les gens.

Il sourit, enfourcha lestement son destrier et se mit en selle.

– Eh bien, allons-y, dit-il. Qu'est-ce qu'on attend ?

Nous prîmes nos distances, fîmes demi-tour et calâmes nos lances au creux de l'épaule. Je sentis mon cheval se ramasser sous moi. Je le talonnai et lui lâchai les rênes. Il s'élança. La lance pointée sur le centre du bouclier de Pelinore, tous les muscles noués, je me préparai au choc. Il fut si brutal que les deux lances volèrent en éclats.

– Vous êtes bon ! me cria-t-il en faisant faire demi-tour à son cheval qui s'ébrouait en piaffant. Vous êtes même très bon, mais vous n'êtes pas suffisamment bon. On recommence, d'accord ?

Et il fit apporter d'autres lances. Ce fut à ce moment-là que je remarquai que Bercelet s'enfonçait délibérément sous le couvert. Pendant un instant, je me demandai ce qu'il faisait, où il allait.

– Votre chien est un malin, ricana le roi Pelinore. Il sait quand il est temps de se dérober. Vous voulez en faire autant ?

Je pris la lance qu'on me tendait.

— Ne parlez donc pas tant, lui criai-je. Piquez des deux !

Et, pour la seconde fois, nous chargeâmes. Pour la seconde fois, les lances furent pulvérisées mais, ce coup-ci, je faillis être désarçonné et je compris que j'avais trouvé à qui parler. Une troisième fois, je m'élançai vers lui, mon bouclier plaqué contre ma poitrine, le corps couché sur ma lance, toutes les fibres de mon énergie concentrées sur la pointe de ma lance et cette pointe braquée sur le centre de son bouclier, sur son cœur. Mon cheval fit-il un écart à la dernière seconde ? Avais-je surestimé mes forces ? Je ne le saurai jamais. Quoi qu'il en soit, je fus touché hors d'aplomb. Le roi Pelinore me souleva de ma selle et m'envoya mordre la poussière, le souffle coupé. Puisant un regain de colère dans cette humiliation, je me relevai aussitôt, l'épée au poing, et attendis mon adversaire de pied ferme. Il mit pied à terre, dégaina et se jeta sur moi comme un forcené, m'obligeant à reculer. Je rispostai de mon mieux en parant ses coups avec mon bouclier, mais celui-ci me fut arraché. Du sang coulait de mon cou, et je compris brusquement que ce n'était plus pour gagner que je me battais, mais pour défendre ma vie. Avec l'énergie du désespoir, je fis tournoyer mon épée au-dessus de ma tête et l'abattis de toutes mes forces sur son heaume. J'avais fendu en deux plus d'un Saxon avec un coup pareil mais, cette fois, ma lame n'entama pas le fer. Au lieu de cela, elle se brisa net, et je me retrouvai avec la seule poignée de mon épée au poing, ne sachant même pas de quel côté était partie la lame. Avant d'avoir compris ce qui m'arrivait, je fus renversé et cloué au sol, l'épée de mon adversaire posée sur ma gorge. Je pensai alors à Guenièvre et aux deux serments que j'avais violés. J'avais commencé par trahir mon amour pour elle et, maintenant, je ne l'épouserais jamais. Je ne la reverrais même pas.

– Suppliez-moi, cria-t-il. Implorez ma clémence, et je me laisserai peut-être fléchir.

Si la défaite était humiliante, la capitulation était impensable. Il se peut que ce soit la pensée de ne jamais revoir Guenièvre qui m'insuffla des forces nouvelles. Je ne sais pas. Je me tortillai, roulai sur moi-même, bondis sur mes pieds et me ruai sur lui. Je lui fis sauter son épée des mains, et nous luttâmes dans la poussière comme des bêtes. Mais il était trop fort, trop lourd pour moi. J'avais le dessous et je le savais. Ma volonté faiblissait continuellement. Alors que j'étais sur le dos, ses doigts autour de mon cou, je vis Bercelet sortir des bois en aboyant, peut-être pour me prévenir, peut-être pour me sauver la vie. De toute manière, c'était trop tard. Le roi Pelinore avait de nouveau son épée à la main. Le soleil la fit scintiller, et je fermai les yeux pour ne pas voir venir la mort. Mais elle ne vint pas. Lorsque je les rouvris, le bras brandi du roi Pelinore était figé à la verticale.

– Ça suffit, dit la voix de Merlin. Si vous le tuez, Pelinore, vous tuerez du même coup l'espoir de la Bretagne. Cet homme est Arthur, votre suzerain.

Et il retira l'épée de la main crispée du roi Pelinore.

– Vous êtes Arthur ? murmura le roi Pelinore. Qu'ai-je fait, mon Dieu ? Qu'ai-je fait ?

Et, sur ces mots, il ferma les yeux et s'effondra comme une masse à côté de moi. Merlin m'aida à me relever.

– Comment m'avez-vous trouvé ? lui demandai-je.

– Il me semblait pourtant vous avoir prévenu, répondit-il doucement. Bercelet est mes yeux et mes oreilles. Même quand je ne suis pas à vos côtés, vous n'êtes jamais hors de ma vue, ni de mes pensées.

Et, en l'étreignant, je me rappelai qu'il avait déjà dû assister à ma mauvaise action de la nuit de Caerleon.

– Vous m'avez manqué, dis-je. Je n'aurais pas dû dire ce que j'ai dit. Je n'aurais pas dû me mettre en colère contre vous. Mais j'aimais Guenièvre, à ce moment-là, et je l'aime toujours.

– Je sais, dit Merlin. Et je sais également que je n'y peux rien. Pour moi, c'est parfois pénible, parce que je suis au courant de ce qui va arriver. Il y a tant de choses que je ne voudrais pas voir se produire que j'essaye de m'y opposer, tout en sachant pertinemment que je ne peux pas ! Notre querelle fut autant ma faute que la vôtre. Si c'est ce que vous désirez, alors vous aurez Guenièvre pour reine ! (Il me tint à bout de bras et m'examina en hochant la tête.) Mais je me rends compte que Bercelet n'est pas suffisant pour vous protéger en mon absence. Il est temps d'aller chercher Excalibur.

– Excalibur ? Qui est Excalibur ?

– Vous verrez, dit Merlin.

— Et Pelinore, qu'est-ce qu'on en fait ? demandai-je. On ne peut pas l'abandonner dans cet état. Même si je ne l'apprécie guère, c'est un excellent jouteur. Jusqu'ici, personne ne m'avait encore battu.

— Et il ne vous aurait jamais battu, Arthur, si vous n'aviez pas passé vos soirées à vous enivrer, ces derniers temps, ce qui a amoindri vos forces. Ce n'est pas un mal : la défaite est une bonne école. On finit toujours par tomber sur quelqu'un de plus rapide, de plus adroit, de plus fort. Il est exact que bien peu d'adversaires l'emporteront sur vous, mais il s'en trouvera quand même quelques-uns. L'un d'entre eux, en particulier, fort comme un lion, deviendra le plus vaillant de vos chevaliers et le meilleur de vos amis... durant quelque temps tout au moins. Et un autre de vos chevaliers, encore plus fort que le précédent, puisera sa force dans sa bonté, dans sa pureté.

— Ne m'en dites pas davantage, je vous prie, dis-je. Ce que j'ignore ne saurait m'affliger. Quand je voudrai savoir, je vous le demanderai. Promettez-moi que, ce jour-là, vous me direz toujours la vérité. Et promettez-moi de ne plus rien me dire sans que je vous l'aie demandé.

— Vous êtes bien sage pour votre âge, Arthur, dit Merlin. Mais c'est entendu : je vous promets de ne rien vous dévoiler sur votre avenir sans que vous m'ayez interrogé et de vous dire alors toute la vérité. Et ne vous tracassez pas pour le roi Pelinore. Je ne lui ai fait aucun mal. Dans quelques heures, il se réveillera tellement honteux d'avoir levé la main sur vous qu'il deviendra l'un de vos alliés les plus sûrs, l'un de vos amis les plus loyaux. Je suis beaucoup plus inquiet pour vous que pour lui. Il faut faire examiner ces blessures sans tarder, après quoi nous irons chercher Excalibur.

Je passai les trois jours suivants en compagnie de Merlin, dans la grotte d'un ermite, au fond de la forêt, à attendre que mes plaies cicatrisent, et quand Merlin déclara qu'il était temps de partir, j'étais encore tout raide et endolori. Sous la conduite de Bercelet, qui semblait toujours savoir où il allait, nous nous enfonçâmes encore plus profondément dans les bois. Des pistes de cerfs finirent par nous amener dans une région découverte, déserte, où je n'avais encore jamais mis les pieds.

La soirée était paisible, tiède, et les mouches étaient couchées lorsque nous atteignîmes enfin un grand lac qui nous empêcha d'aller plus loin. À notre approche, des hérons poussèrent des cris effarouchés et partirent d'un vol lourd se réfugier dans les collines boisées qui s'élevaient de l'autre côté de l'eau. Bercelet entreprit d'explorer les roseaux en quête de canards, et il en fit lever quelques-uns, qui s'envolèrent au ras de l'eau en laissant derrière eux le lac parfaitement silencieux sous la brume qui commençait à tomber en drapant de blanc le sommet des arbres du rivage. Merlin rappela Bercelet, qui vint de mauvaise grâce s'ébrouer en nous aspergeant de gouttelettes d'eau.

– Maintenant, on attend, annonça Merlin.

– Où sommes-nous ? demandai-je.

– Ce lac sépare la vie de la mort, Arthur. Derrière les

66

brumes se cache l'île d'Avalon. Ceux qui l'habitent ne sont pas des vivants, mais ce ne sont pas non plus des morts. Ils sont dans un état intermédiaire entre la vie et la mort. Bien qu'ils n'appartiennent pas à notre monde, ils peuvent néanmoins y venir. Ils détiennent des pouvoirs terrestres et des pouvoirs surnaturels, des pouvoirs pour le bien et des pouvoirs pour le mal. Cependant, ce lac n'est qu'un lac comme les autres.

– Et où est cet Excalibur ? demandai-je encore. Et de quoi s'agit-il, d'ailleurs ? Vous ne pouvez pas me le dire ?

– Oh, arrêtez de poser des questions, Arthur, dit Merlin. (Soudain, il se pencha en avant et tendit le bras.) Regardez !

Je regardai, mais je commençai par ne rien voir. Puis, sous mes yeux, la surface de l'eau se rida et s'ouvrit. Et, à ma profonde stupeur, je vis émerger du lac une épée scintillante, brandie par une main que prolongeait un bras gainé de soie blanche.

– Voilà votre réponse, chuchota Merlin. Cette épée s'appelle Excalibur. Elle vient du demi-monde d'Avalon, où sa lame a été forgée par les elfes et son fourreau tissé par dame Nemue en personne, la Dame du Lac, qui est également ma dame. (En prononçant son nom, sa voix s'altéra.) Tenez, la voici.

Et des brumes sortit une silhouette drapée de vaporeux voiles verts. Elle marchait sur l'eau, mais comme le lac restait absolument lisse sous ses pieds, on aurait plutôt cru qu'elle flottait en l'air. Elle vint vers nous, portant à deux mains un fourreau auquel était fixé un ceinturon. À la façon dont elle regardait Merlin et dont il la regardait, je compris qu'un très ancien amour les unissait, un amour toujours vivace. Le sourire secret qui faisait briller les yeux de la dame n'était destiné qu'à Merlin, mais quand elle prit la parole, ce fut à moi qu'elle s'adressa.

—Messire Arthur, j'ai fait ce fourreau pour vous. Il est tissé avec l'or d'Avalon. Gardez-le toujours sur vous. Toujours, vous avez compris ?

—Mais l'épée ? dis-je. Comment aurai-je l'épée ? Devrai-je aller la chercher à la nage ?

—Ce ne sera pas nécessaire, répondit-elle en souriant aimablement.

Et pendant qu'elle parlait, j'aperçus une barque échouée dans les roseaux. D'où elle venait et comment elle était arrivée là, je l'ignore.

—Montez, dit-elle.

Je n'hésitai pas. Dès que je fus dans la barque, elle se mit en mouvement et glissa sans bruit sur les eaux noires en direction du bras dressé au milieu du lac. Lorsque nous en fûmes tout proches, elle ralentit jusqu'à s'arrêter une seconde, juste le temps pour moi de tendre la main et d'empoigner l'épée par la lame. Le bras s'enfonça dans le lac, et je le suivis des yeux jusqu'à ce que le dernier doigt ait disparu.

Je m'assis au fond de la barque et regardai l'épée posée sur mes genoux. Sa poignée, incrustée d'or et de pierreries, s'adaptait à ma main mieux qu'aucune de celles que j'avais tenues jusque-là. Sa lame était la plus importante que j'aie jamais vue, et cependant elle me

paraissait aussi légère qu'une plume, comme si elle était un prolongement de mon bras et non une arme.

La barque atteignit la rive, et je levai les yeux. Merlin m'attendait, le fourreau à la main. La Dame du Lac n'était pas en vue. Je glissai l'épée dans le fourreau, et Merlin boucla le ceinturon autour de ma taille. Il recula d'un pas pour m'examiner.

– Eh bien, vous voilà en possession d'Excalibur. Qu'est-ce que vous préférez, Arthur : l'épée ou le fourreau ?

– L'épée, bien sûr, répondis-je en dégainant pour la première fois. Un fourreau sans épée ne serait d'aucune utilité.

– Pas celui-ci, dit Merlin. Croyez-moi, Arthur, si vous suivez le conseil de la Dame du Lac et portez le fourreau attaché à votre taille, alors vous ne perdrez jamais une seule goutte de sang. Excalibur peut vous procurer la victoire, la gloire et l'honneur, elle peut faucher vos ennemis comme des épis mûrs, mais c'est le fourreau qui assurera en toute circonstance votre sécurité. Ne vous en séparez jamais, Arthur, quoi qu'il arrive. Elle l'a fabriqué spécialement à votre intention, pour me faire plaisir. Cette femme est le grand amour de ma vie. Un jour, continua-t-il rêveusement, un jour j'irai la retrouver, mais pas encore. (Lorsqu'il se tourna vers moi, il avait les yeux pleins de larmes.) Il faut que nous soyons réunis. Elle est toujours dans mes pensées. Je crois que vous comprenez ce que je veux dire, n'est-ce pas, Arthur ?

Je ne le comprenais que trop bien.

– Combien de temps resterez-vous encore auprès de moi, Merlin ? demandai-je.

– Un moment, répondit-il. Un petit moment. Et d'ailleurs, je ne vous abandonnerai jamais complètement, vous le savez bien. Vous aurez toujours Bercelet.

Et Bercelet vint auprès de moi et, pour la deuxième fois, s'ébroua en m'aspergeant de la tête aux pieds.

– C'est évidemment une consolation, dis-je en riant. Une grande consolation.

Nous rentrâmes donc à Camelot avec Excalibur. Ce soir-là, je fis circuler Excalibur autour de la table, afin que tous mes chevaliers puissent l'examiner et la prendre en main. Chacun d'eux l'embrassa respectueusement avant de la passer à son voisin. Parmi eux se trouvait Pelinore, venu implorer son pardon pour devenir l'un des nôtres, comme l'avait prédit Merlin. Je décidai qu'il pouvait demeurer avec nous à condition de commencer par faire la paix avec Gryflet. Gryflet et lui s'étreignirent chaleureusement devant toute la compagnie, et la salle vibra d'applaudissements. À dater de ce jour, jamais deux chevaliers ne furent plus grands amis que Pelinore et Gryflet.

Quelques semaines seulement s'étaient écoulées lorsque nous apprîmes que le roi Lot et le roi Nantes avaient levé une nouvelle armée et marchaient vers le sud pour nous attaquer.

– En voilà deux qui ne reverront pas le printemps, s'exclama Pelinore. Permettez-moi de m'en charger, messire.

J'hésitai, doutant encore de sa loyauté, mais Merlin se pencha vers moi et me parla à l'oreille.

– Faites-lui confiance, Arthur. Laissez-le partir.

Pelinore prit donc Gryflet et une centaine de bons soldats de notre armée, et ils se mirent en route dès le lendemain matin. Ils étaient partis depuis un mois lorsqu'un messager nous apporta les boucliers du roi Lot et du roi Nantes. Pelinore avait tendu une embuscade, tué les deux rois de sa main et dispersé leur armée, dont il poursuivait actuellement les lambeaux vers le nord.

Ce soir-là, dans la cour du château, je contemplais, appuyé sur mon bâton, les boucliers des deux rois, que nous avions accrochés au mur, lorsque Merlin vint me rejoindre. Il ne dit pas : « Je vous l'avais bien dit », mais il le pensait. Cela se voyait à son sourire.

– C'est le bâton que je vous ai donné, dit-il. Puis-je vous l'emprunter un instant ?

Et, sur ces mots, il me le prit des mains et l'enfonça dans le sol. Aussitôt, un arbre sortit de terre, d'abord simple baliveau, puis chêne majestueux qui se développa jusqu'à dominer toute la cour.

– Quand vous serez assis à l'ombre de ses branches, Arthur, me dit Merlin, pensez à moi et rappelez-vous ce que je vous ai dit un jour au sujet des glands. (Il se baissa, ramassa une poignée de glands et me les tendit.) Gardez-les, dit-il. Je suis fier de vous, Arthur. Je ne pourrais pas l'être davantage si vous étiez mon propre fils. Et comme j'aurais aimé que vous le soyez !

En regardant le vieil homme s'éloigner, je fus submergé par une vague de tristesse. Je savais maintenant qu'il me quitterait bientôt, et je comprenais aussi à quel point je me sentirais alors seul.

Guenièvre

Je regrette que tu n'aies pas été là le jour où Guenièvre arriva à Camelot pour devenir ma reine. Lorsque sa haquenée monta la route du château, tous les gens du village sortirent en courant de chez eux pour l'accueillir. Ils lançaient des fleurs sous ses pas, ils l'acclamaient, ils l'applaudissaient, et moi je la regardais approcher du haut des remparts, le cœur battant d'amour et d'impatience, d'espoir et de bonheur. Je me souviens qu'elle attrapa une fleur au vol. C'était une digitale. Elle l'agita en signe de salut, et les acclamations redoublèrent. Ils l'aimaient déjà. Il suffisait de la regarder une fois pour être obligé de l'aimer.

Je m'étais répété cent fois les paroles de bienvenue que je prononcerais à son arrivée, mais quand nous fûmes face à face dans la cour du château, ma langue se bloqua et je restai coi. Alors elle me tendit sa digitale, et le sourire dont elle l'accompagna me mit aussitôt à l'aise. Pendant la semaine qui précéda le mariage, nous sortîmes ensemble à cheval le plus souvent possible. C'était la seule façon de nous isoler, car Camelot s'em-

73

plissait chaque jour davantage d'invités venus des quatre coins du pays. Il y avait des têtes que je n'avais jamais vues, des parents dont j'avais entendu parler, mais que je n'avais pas encore rencontrés.

Durant cette courte semaine avant les noces, Guenièvre et moi apprîmes à nous connaître en nous ouvrant nos cœurs. Elle ne me cacha rien — j'en eus l'intime conviction — et je ne lui cachai rien... en dehors de la flétrissure de la fameuse nuit de Caerleon et de la promesse que j'avais rompue. Nous bavardions jusqu'à une heure avancée de la nuit, quand le château était silencieux. Je remarquai que Bercelet m'ignorait maintenant complètement. Il se couchait aux pieds de Guenièvre et la dévorait des yeux avec adoration. Vous allez vous moquer de moi, mais cela me rendait presque jaloux, jaloux pour la première fois de ma vie, et d'un chien, par-dessus le marché !

Le dernier soir, nous étions assis en silence devant le feu, après une longue conversation, et Guenièvre caressait Bercelet entre les yeux — son endroit de prédilection — lorsque j'osai lui parler. Je lui pris la main et la retournai dans la mienne.

— La première chose que j'ai aimée en vous, ce sont vos doigts, dis-je.

— Et moi, ce sont vos yeux, répondit-elle, et elle se détourna, soudain soucieuse.

— Que se passe-t-il ? demandai-je.

Elle soupira.

— Je désire être votre femme, Arthur, dit-elle, mais je n'ai pas envie de jouer le rôle de reine. Je sais que c'est

mon devoir, comme vous devez jouer votre rôle de roi, mais je souhaiterais qu'il en soit autrement. J'ai peur que nous apprenions à jouer nos rôles tellement bien que nous finirons par oublier nos véritables personnalités et par nous oublier l'un l'autre.

Elle posa sa main sur ma joue et m'embrassa.

— Je ne vous oublierai pas, murmurai-je. Je ne vous oublierai jamais.

— Non, dit-elle et elle sourit entre ses larmes. Non, je ne crois pas que cela arrivera.

Le lendemain, je me levai de bon matin. Je retrouvai Merlin sur les remparts. Il regardait au loin, au-delà des marais embrumés. Trois chevaux cheminaient à petits pas sur le remblai, enveloppés de brume jusqu'au poitrail.

— Regardez ça, dit tristement Merlin. Elles sont venues. Je le redoutais.

— Qui est-ce ? demandai-je.

Lorsque les cavalières se rapprochèrent, je remarquai que l'une d'elles tenait un enfant devant elle.

— Ce sont vos trois demi-sœurs, Arthur, les filles de votre mère Igraine et de Gorlois, son premier mari. Je vous ai déjà parlé d'elles. Je suis persuadé qu'Elaine et Margawse viennent pactiser avec vous, mais ne leur faites pas confiance. Rappelez-vous que ni Elaine ni Margawse n'ont aucune raison de vous porter dans leur cœur. Elles sont peut-être vos demi-sœurs, mais elles sont également des veuves, et cela par votre faute. C'est Pelinore qui a occis leurs maris, le roi Nantes et le roi Lot, mais il les combattait en votre nom. Soyez prudent, extrêmement prudent.

– La troisième doit donc être Morgane, la benjamine, celle qu'on appelle « la Fée ».

Les paupières de Merlin se plissèrent, et il fut pris d'un tel tremblement qu'il dut s'appuyer contre le rempart pour ne pas tomber.

– J'espérais ne jamais la voir à Camelot, dit-il. De tous les êtres qui peuplent la terre, c'est le plus dangereux pour vous. Bien qu'elle ressemble à un ange, c'est le diable en personne et elle possède tous ses pouvoirs démoniaques, des pouvoirs contre lesquels je ne peux plus lutter. J'y serais peut-être parvenu autrefois, quand j'étais jeune, mais plus maintenant, car mes propres pouvoirs déclinent. J'ai parfois l'impression qu'ils sont presque éteints. Méfiez-vous d'elle, Arthur, méfiez-vous, croyez-moi. Elle voudrait s'approprier votre royaume, et si elle n'y parvient pas, elle fera tout son possible pour le détruire, et vous avec.

– Qui est l'enfant ? demandai-je, mais Merlin ne semblant pas disposé à me répondre, je répétai ma question.

– Il vaut mieux que vous ne le sachiez pas, dit Merlin, et il détourna vivement les yeux. Pas le jour de votre mariage. Je ne veux pas assombrir une si belle journée.

En regardant les trois cavalières, je me sentis soudain envahi par un effroyable pressentiment.

– Merlin, déclarai-je en m'armant de courage, vous m'avez promis un jour de ne jamais me prédire l'avenir sans que je l'aie sollicité, mais de ne pas me dissimuler la vérité si je vous la demandais. Je ne vous ai jamais interrogé sur mon sort, ni sur celui du royaume, bien que je sache que vous m'auriez répondu. Je ne veux pas le connaître, car si je savais comment tout cela finira et ce qui se passera entre-temps, je n'aurais plus guère de raisons de vivre ma vie. Si cet enfant doit jouer un rôle dans mon avenir, alors dites-le-moi. Dites-moi au moins qui il est.

Merlin hocha lentement la tête.

– Oui, dit-il, vous avez le droit de le savoir. Tout homme a le droit de connaître son fils. (Il me regarda dans les yeux.) Oui, c'est votre fils. Il s'appelle Mordred. Sa mère est Margawse. Elle s'est donnée à vous la nuit de Caerleon. J'ai essayé de vous alerter, mais vous m'avez fait sortir de la chambre, vous vous souvenez ? Elle est venue vous trouver non pas de son propre chef, mais envoyée par sa sœur, la fée Morgane, afin de vous séduire. Cette nuit-là, il n'y avait pas le moindre amour pour vous dans le cœur de Margawse, Arthur, uniquement de la vengeance. Son fils est l'arme que la fée Morgane utilisera contre vous.

– Mais Margawse est ma demi-sœur ! m'exclamai-je, incapable de croire ce que j'entendais. Jamais je n'aurais pu faire une chose pareille, c'est impossible !

– Vous ne pouviez pas le savoir, Arthur, dit Merlin en me prenant par les épaules. Vous n'avez rien à vous reprocher. Vous êtes un homme comme les autres, et vous étiez ensorcelé, envoûté. La fée Morgane avait tout combiné. Mordred est votre Judas, Arthur : il vous trahira. C'est dans ce but qu'il a été conçu, et c'est à cela qu'il consacrera sa vie. N'oubliez jamais qu'il est la créature de la fée Morgane et que celle-ci est décidée à vous détruire. Suivez mon conseil. Gardez-le auprès de vous, sous vos yeux, là où il pourra vous causer le moins de torts. C'est la meilleure solution.

Elles étaient maintenant au-dessous de nous, dans la cour du château, et Margawse levait les yeux vers moi en souriant, un sourire complice, un sourire sans tendresse.

Je ne me rappelle pas grand-chose de la cérémonie nuptiale proprement dite, en dehors du contact léger de la main de Guenièvre sur ma manche, lorsque nous prononcions nos vœux de fidélité devant l'archevêque. Après la bénédiction, son père, le roi Leodegraunce, me conduisit dans la grande salle de Camelot, au milieu de laquelle se dressait une immense table ronde – oui, c'était celle-là – dont chaque siège, comme vous pouvez le voir, portait, en lettres d'or, le nom de l'un de mes chevaliers.

– Mon cadeau de mariage, messire, annonça Leodegraunce. Merlin avait fabriqué cette table de ses propres mains pour votre père, le roi Utha Pendragon, et lorsque celui-ci mourut, c'est à moi qu'elle fut confiée. Aujourd'hui, la Table ronde reprend la place qui est légitimement la sienne : la cour du suzerain de Bretagne.

– Là, autour de cette table, dit Merlin en passant son bras autour de mes épaules, s'assiéront tous les valeureux chevaliers qui vous aideront à édifier dans ce pays le juste et loyal royaume de Logres. Certains d'entre eux sont déjà ici, et vous trouverez leurs noms inscrits sur leurs sièges. Beaucoup ne sont pas encore à vos côtés, mais je les connais. On ajoutera leurs noms lorsqu'ils se joindront à vous. L'un d'eux sera Lancelot, le fils du roi Ban de Benwick, et il ne se fera plus guère attendre. Un autre sera Perceval, le fils de Pelinore, qui n'est encore qu'un enfant ; son temps viendra également. Tous auront leur place autour de la Table ronde.

— Je n'ai pas besoin d'en savoir davantage, Merlin, dis-je. Je les reconnaîtrai quand ils se présenteront.

— Il y en a un que vous ne reconnaîtrez pas, dit-il en désignant un siège. Lisez ce qui est marqué sur celui-ci.

— Il y a écrit « Danger ». Pourquoi Danger ? demandai-je.

— Parce que quiconque s'y assoirait en mourrait, sauf un. Le seul chevalier qui l'occupera jamais se présentera le jour où le Saint-Graal fera son entrée à Camelot. Il sera le dernier des chevaliers de la Table ronde et le meilleur de vous tous.

— Ne m'en dites pas plus, mon vieil ami, dis-je en posant amicalement ma main sur ses lèvres. Laissez-moi vivre l'instant présent, ce merveilleux instant, et que l'avenir se débrouille sans moi : il viendra toujours à son heure.

Merlin rit et me conduisit à ma place, devant la Table ronde. Après quoi chacun des chevaliers trouva le siège qui lui était destiné, tandis que leurs dames s'asseyaient au fond de la salle, sur une estrade surmontée d'un baldaquin. Et parmi elles trônait Guenièvre, ma reine et mon épouse, le visage illuminé de bonheur. Je n'aimais pas trop lever les yeux vers elle, parce qu'elle était encadrée d'un côté par Margawse et de l'autre par la fée Morgane, mais quand je le faisais et que nos regards se croisaient, le sourire qu'elle m'adressait était de l'amour pur. Je dis était parce que c'est ce qu'il était au début, un message d'amour et de confiance, de confiance absolue… une confiance que j'avais déjà trahie.

Merlin s'assit à la Table ronde, à côté de moi. Il parla peu et, comme moi, toucha à peine à sa nourriture. La tête de Bercelet reposait lourdement sur mon pied comme toujours – rappel permanent et délibéré de sa présence, destiné à s'assurer que je ne l'oubliais pas. Ce soir-là, il mangea trois fois plus que moi.

Et pourtant, en dépit de toute la joie qui m'entourait, mon cœur était troublé. On semblait attendre tellement de choses de moi ! Dans les yeux brillants des chevaliers réunis ce jour-là autour de la Table ronde, je lisais un espoir fervent, une volonté farouche. Il y avait Gauvain, le plus brave de tous les braves, déjà fortement éméché. Gaheris, son frère cadet, lui faisait suite et, à côté de lui, se pavanait Kay, mon frère et mon intendant, bouffi de vanité, comme à l'accoutumée. Venaient ensuite les frères jumeaux, Balyn et Balan, puis Bedivere, Gryflet et Bors : en tout, une bonne centaine. Et tous avaient tellement foi en moi ! Aucun d'entre eux ne doutait qu'un jour, un jour très prochain, nous transformerions ensemble ce pays en paradis, nous bâtirions ensemble le royaume de Logres. Je sentais que, de toute l'assistance, je devais être le seul à en douter, et je savais maintenant qu'il n'existait qu'une seule façon de me débarrasser de mes doutes.

Assis à la Table ronde, je ne cessais de me répéter que mon devoir était de monter sans plus attendre dans la tour et d'étouffer le fils de Margawse, mon fils, avant qu'il ne grandisse et ne puisse nous nuire, à mon royaume et à moi-même. Je repoussai ma chaise pour me lever, mais la main de Merlin saisit la mienne et me retint.

– Ce n'est pas la solution, Arthur, me dit-il. Ne vous ai-je pas appris que le mal ne peut jamais détruire le mal ? Seul le bien peut y parvenir.

À ce moment-là, le silence s'établit soudain dans la salle. Une femme se tenait sur le seuil. Je vis aussitôt qu'il s'agissait de dame Nemue, la Dame du Lac qui avait marché sur les eaux pour m'apporter le fourreau d'Excalibur. Merlin se leva lentement, paraissant tout à coup plus vieux que je n'avais jamais pensé qu'il puisse être.

– Elle est venue me chercher, dit-il. Je dois la suivre, Arthur. Elle va me conduire à mon long repos. Mais je vous laisse Bercelet : il vous consolera et veillera sur vous. Une partie de moi s'en va, une partie reste là. Soyez loyal avec vous-même, mon suzerain, et gardez toujours les yeux levés vers le ciel. Nous nous reverrons quand le temps sera venu, mais il mettra longtemps, très longtemps à venir.

Et il posa la main sur mon épaule et me quitta pour la dernière fois. Pendant qu'il marchait vers la porte, j'eus envie de l'appeler, de lui crier de revenir, de le supplier de ne pas m'abandonner, mais le roi qui était en moi ne me le permit pas. Il s'arrêta près de dame Nemue, se retourna et s'adressa à toute l'assistance :

– Vous avez moins besoin de moi que je n'ai besoin de cette dame. Vous avez Arthur. Avec lui à votre tête, et maintenant avec Guenièvre à ses côtés, vous allez entreprendre le long combat nécessaire pour expulser le mal de ce pays et en faire un endroit où vos enfants pourront vivre. Certains tenteront de vous diviser et de vous corrompre. Écoutez toujours votre suzerain. Le monde n'en a jamais connu de pareil et n'en connaîtra jamais plus.

Le couple ne sortit pas par la porte : il s'évapora comme une fumée. Ce fut la dernière fois que je vis Merlin. Bercelet voulut le suivre, mais quand il s'aperçut qu'il n'y avait plus personne à suivre, il revint s'asseoir à côté de moi et je lui grattai la tête à l'endroit qu'il aimait bien.

– Il est parti, murmurai-je, et ma voix était prête à se briser. Nous voilà seuls, toi et moi.

Pendant un moment, après le départ de Merlin, l'atmosphère du festin parut pesante, mais Guenièvre prit sa harpe et, dès qu'elle en pinça les cordes, la musique sembla dissiper la mélancolie. Bien que très douce, elle emplit la vaste salle et attira tous ceux qui se trouvaient dans le château. Lorsque Guenièvre eut achevé sa mélodie, la salle croula sous les applaudissements et l'ambiance retrouva toute sa gaieté. Mais mon cœur n'y participait pas. J'avais d'autres soucis en tête. Je m'esquivai discrètement et montai rapidement l'escalier en spirale du donjon. Comme je l'avais prévu, je trouvai Mordred dans l'une des petites chambres du haut. On avait poussé son lit contre la fenêtre, sur l'appui de laquelle une effraie blanche m'observait de son œil rond. Au lieu de s'envoler, comme je m'y attendais, elle me fixait sans un battement de paupière. L'enfant était couché sur le dos, les yeux levés vers moi. Mon cœur ne recélait plus la moindre velléité de meurtre.

Une voix s'éleva derrière mon dos.

— Vous ne voudriez pas lui faire du mal ? demanda Margawse.

— Non, répondis-je. C'est mon fils. Je ne pourrais pas.

— Il a besoin d'un père, dit-elle. Vous êtes son père. Permettez-lui de rester ici, auprès de vous, et de vous succéder sur le trône.

— Jamais, rétorquai-je. S'il reste ici, ce sera en tant que neveu, pas comme mon fils. C'est bien compris ? Je vous préviens que si vous faites la moindre allusion à ce qui s'est passé entre nous cette nuit-là à Caerleon, si vous laissez entendre que je suis le père de cet enfant, je ne vous le pardonnerai jamais et ma vengeance contre vous et vos sœurs n'aura point de fin. L'enfant sera élevé ici, à Camelot, mais je ne veux plus vous revoir, aussi longtemps que je vivrai, et vos sœurs pas davantage. Faites-en part à la fée Morgane, et maintenant, allez-vous-en. Laissez-moi en paix.

Elle partit et, peu après, Bercelet vint me chercher. La chouette entendit ses pattes de velours monter l'escalier, et elle quitta l'appui de la fenêtre pour dispa-

84

raître dans la nuit en poussant un ululement mena-
çant. Bercelet renifla l'enfant avec un grondement
sourd au fond de la gorge. Je le tirai en arrière, et nous
descendîmes ensemble rejoindre la fête. J'essayai de ne
pas regarder Guenièvre, car je craignais de ne pas être
capable de dissimuler ma honte. Quand je finis par m'y
risquer, elle bavardait gaiement avec la fée Morgane.
Celle-ci tourna alors la tête vers moi. Elle continua à
rire, mais ses yeux s'emplirent de haine.

Le lendemain, à la première heure, je partis chasser
le cerf dans les collines. Nous n'étions que trois : moi,
Acalon, qui connaissait les chiens mieux que personne, et Uriens, qui avait demandé à nous accompagner. Je ne l'avais jamais beaucoup apprécié, mais je le
plaignais d'être affligé d'une épouse telle que la fée
Morgane. Je ne comptais pas laisser Guenièvre seule
plus d'une journée.

Les chiens eurent tôt fait de dépister un cerf, et nos
chevaux les suivirent. Nous ne tardâmes pas à apercevoir le gibier, un dix-cors qui bondissait par-dessus les
rochers à bonne distance de nous. Nous le poursuivîmes avec acharnement, mais sans parvenir à nous en
rapprocher. Toujours galopant, nous quittâmes les collines pour nous enfoncer dans la forêt. Nos chevaux,
maintenant blancs d'écume, gémissaient d'épuise-
ment. Celui d'Acalon fut le premier à s'écrouler : son
cœur vaillant avait éclaté. Je pris Acalon en croupe,
mais ma monture ne tarda pas à s'effondrer à son tour,
incapable de faire un pas de plus. Là-dessus, le cheval
d'Uriens se coucha et mourut comme par sympathie.

On entendait les chiens aboyer au loin, mais on ne les voyait plus. Nous les suivîmes à pied à travers la forêt, guidés par Acalon, et nous finîmes par déboucher dans une clairière, au bord d'un lac. Là gisait le cerf, les chiens suspendus à sa gorge. Soudain, un cor retentit à quelque distance de là, dans la forêt. Les chiens n'hésitèrent pas. Avant que nous ayons pu les retenir, ils avaient disparu sous les arbres en direction du son du cor, nous abandonnant au bord du lac en dépit des cris d'Acalon leur ordonnant de revenir.

Uriens me toucha l'épaule. Je me retournai : sur le lac, un esquif glissait dans notre direction. Il accosta à quelques pas de nous comme s'il venait nous chercher. De l'endroit où nous nous trouvions, nous vîmes que son pont était couvert de coussins confortables et sa mâture tendue de voiles de soie de toutes les couleurs de l'arc-en-ciel. Cependant, toutes ces splendeurs me laissaient réticent. Cette embarcation me semblait vraiment trop providentielle, trop confortable, trop parfaite, et je flairais un piège. Je m'en détournai, mais Uriens protesta.

– Allons, messire, dit-il, qu'avez-vous fait de votre esprit d'aventure ? Ce bateau n'est pas venu ici sans une bonne raison. Tâchons de découvrir laquelle. Autrement, nous ne la connaîtrons jamais. Il paraît tellement accueillant, ses coussins semblent si douillets... et comme il est vide, il ne peut pas y avoir de danger, n'est-ce pas ?

Il commençait à faire sombre. Nous ne serions jamais de retour à Camelot avant la nuit. J'étais trop fatigué pour discuter et, de plus, Uriens avait raison : ces coussins étaient vraiment par trop tentants.

Une fois embarqués, nous constatâmes qu'il n'y avait effectivement personne à bord. En nous allongeant sur les coussins, nous sentîmes l'embarcation bouger, et elle se dirigea bientôt vers le milieu du lac, gouvernée par une main invisible. Acalon rit nerveusement.

– Qu'est-ce qui se passe ? s'écria-t-il. Qu'est-ce que cela signifie ?

Il parlait encore que toutes les torches fixées au flanc du bateau s'enflammèrent en même temps, donnant l'impression que le lac tout entier s'embrasait autour de nous. Nous étions encore en train de nous en émerveiller lorsque nous découvrîmes que, en fin de compte, nous n'étions pas seuls à bord. De la cale surgirent cinq, dix, douze jeunes femmes aussi jolies les unes que les autres, car elles étaient toutes exactement semblables, pareillement vêtues de noir, avec la même chevelure sombre et la même peau blême. Sans un mot, elles nous versèrent du vin et nous servirent un repas. Et quel vin ! Quel repas ! Pendant que nous nous restaurions, elles s'assirent et nous jouèrent de douces mélodies sur leurs harpes. Aussi, fatigué par la chasse et bercé par la musique, le vin et le léger balancement du bateau, je ne tardai pas à m'endormir.

Lorsque je me réveillai, il n'y avait plus ni coussin ni musique. Je n'étais pas dans un bateau : j'étais couché sur le sol humide d'un cachot obscur. Et en me redressant, je constatais que je n'étais pas seul. Plusieurs inconnus m'entouraient.

– Acalon ? Uriens ? Où sont mes amis ? (Pas de réponse.) Où suis-je ? demandai-je.

L'un des hommes finit par me répondre.

– Dans le château du seigneur Damas. Et si vous êtes là, c'est pour la même raison que nous. Nous sommes vingt à être emprisonnés ici, certains depuis des années, et je vais vous dire pourquoi. Ce Damas a volé la part d'héritage de son frère et accaparé tout le patrimoine. Ontzlake, le frère, ne veut pas se laisser déposséder et entend récupérer son bien par le jugement des armes, ce qui est son droit. Seulement, ce Damas ne se contente pas d'être un voleur, c'est également un poltron. Il refuse de se battre personnellement et veut que le litige soit tranché par champions interposés. Il a demandé à chacun de nous de combattre pour lui, mais nous avons tous refusé parce que nous sommes des amis d'Ontzlake et que nous savons que sa cause est juste.

Pendant qu'il parlait, je m'aperçus que je n'avais plus mon ceinturon et que mon fourreau avait disparu avec lui, ainsi qu'Excalibur. Je me rappelai le bateau, je me rappelai le vin, et je compris brusquement que tout cela faisait partie de quelque machiavélique sortilège de la fée Morgane. Il ne pouvait pas en être autrement.

La porte du cachot s'ouvrit, et une silhouette féminine se découpa dans le rectangle de lumière. Je fus certain d'avoir déjà vu cette femme quelque part, mais je ne pus me rappeler où.

– Je suis la fille du seigneur Damas, me déclara-t-elle. Vous pouvez soit rester ici et y croupir avec ces gens-là jusqu'à la fin de vos jours, soit affronter aujourd'hui en champ clos, en tant que champion de mon père, le champion de mon oncle Ontzlake. Qu'est-ce que vous préférez ?

Je compris alors qui elle était. Même chevelure sombre, même peau blême : c'était l'une des créatures du bateau, une des sorcières de la fée Morgane.

—Eh bien, répondis-je en me levant et en m'époussetant, je ne vais pas passer le restant de ma vie ici. Je jouterai pour vous, mais à une condition : que je gagne ou que je perde, tous ces braves chevaliers seront libérés. Si vous ne m'en faites pas le serment, je ne combats pas.

Elle s'en alla et revint quelques minutes plus tard en disant ce que j'avais espéré l'entendre dire :

—Mon père est d'accord. Si vous joutez pour lui, tous les chevaliers seront libérés. Mon père en fait le serment.

—Alors, je combattrai, dis-je.

Et, les oreilles bourdonnantes des fervents encouragements de mes compagnons, je gravis derrière la fille l'escalier montant vers la cour ensoleillée du château. Tout ce qu'il me fallait m'y attendait : un cheval, une armure et une épée, mais celle-ci n'était pas Excalibur. J'étais privé de la protection de mon fourreau et des vertus d'Excalibur. Pour vaincre un bon champion, il aurait fallu que je sois au mieux de ma forme. Or, j'étais affaibli par le froid du cachot au point de me demander si j'aurais la force de me battre. En chevauchant vers le champ clos, la visière de mon heaume baissée pour protéger mes yeux de l'éclat du soleil, je compris qu'il s'agirait d'un duel à mort, parce que si la fée Morgane était à l'origine de tout cela – et j'étais convaincu qu'elle l'était – c'était ma mort qu'elle voulait et rien d'autre. J'allais devoir tuer ou être tué.

Le champion d'Ontzlake m'attendait. Nous nous saluâmes de chacune des extrémités de la lice et nous heurtâmes au milieu avec un bruit fracassant. Je me retrouvai par terre, sur le dos, essayant de me relever et tout étourdi. En voyant les deux chevaux s'éloigner au galop, je compris que j'avais également désarçonné mon adversaire. Je m'en félicitai, mais mon soulagement fut de courte durée. Dès que son épée frappa la mienne, je sus que j'étais perdu. Sous la grêle de coups qui s'abattit sur moi, c'est tout juste si je parvins à rester debout, tant ils étaient violents. Chacun d'eux aurait pu m'être fatal. Mon bouclier se déchiquetait à vue d'œil. Touché au flanc, je reculai en titubant et faillis tomber. Un nouveau coup me taillada le bras. Ma main devint gluante de sang chaud, et mon épée me glissa des doigts.

– Ramassez-la ! m'ordonna le champion d'Ontzlake. Ramassez-la, ou je vous pourfends sur place.

Pendant qu'il s'écartait de quelques pas, son épée rougie de mon sang, j'aperçus un mouvement dans la foule et une dame s'avança. Je crus d'abord qu'elle allait me ramasser mon épée, mais elle n'en fit rien. Elle se contenta de tendre un doigt vers l'arme du champion, puis de basculer brusquement le poignet. L'épée de mon adversaire s'échappa de sa main et tomba à mes pieds. La dame se tourna alors vers moi, nos regards se croisèrent et je la reconnus immédiatement : c'était dame Nemue, la Dame du Lac.

– Ramassez-la, me dit-elle. C'est Excalibur.

Et je compris aussitôt qu'elle disait vrai. Je regardai le champion d'Ontzlake, debout devant moi, et je reconnus mon fourreau, le fourreau d'Excalibur, fixé à sa taille. Excalibur fendit l'air et trancha net le ceinturon : le fourreau tomba à terre. Ivre de rage, le champion se pencha, ramassa l'arme qui traînait sur le sol et se jeta sur moi. Seulement, maintenant, j'avais Excalibur au poing, et il ne put me tenir tête. Je l'obligeai à reculer, à battre en retraite jusqu'au moment où je lui portai un coup qui le fit tomber à la renverse, le cou ruisselant de sang. Je compris tout de suite qu'il était blessé à mort.

– Qui êtes-vous ? murmura-t-il.

– Arthur, je suis Arthur, suzerain de Bretagne, répondis-je.

Il détourna la tête et se mit à pleurer.

– Oh, Arthur, oh, mon roi ! J'ai failli vous tuer, hoqueta-t-il. Et maintenant, c'est vous qui m'avez tué.

Je reconnus la voix et l'homme à qui elle appartenait : c'était Acalon. Je m'agenouillai à ses côtés et lui enlevai son heaume. Il s'accrocha à moi.

– J'ignorais que c'était vous, messire. Je vous le jure.

– J'en suis sûr, Acalon, dis-je, mais comment êtes-vous entré en possession d'Excalibur ? Par la fée Morgane ?

Il hocha lentement la tête.

– Je le savais, dis-je. Je le savais.

— Alors, sachez également ceci, messire. J'ai aimé cette femme en secret pendant des années, sans jamais le dire à personne, pas même à elle, mais elle l'a deviné. Elle s'est jouée de mon amour, et avec quelle subtilité ! Comment ai-je pu être aussi bête ?

— Ne parlez pas, dis-je. Vous me raconterez cela plus tard.

— Je dois parler, murmura-t-il. Pour moi, il n'y aura pas de « plus tard ». Je me suis réveillé dans une cour inconnue, à côté d'un puits. (Il parlait si bas que je dus me pencher davantage pour l'entendre.) Devant moi se tenait le nain de la fée Morgane, portant Excalibur à deux mains. Il me déclara être envoyé par sa maîtresse, qui avait été grossièrement insultée par un chevalier cynique qui l'avait même menacée de lui tordre le cou. Elle me demandait de tuer cet ignoble individu, persuadée que je le ferais si je l'aimais vraiment. Il me remit Excalibur en prétendant que vous aviez prêté cette arme à sa maîtresse, et je le crus, je le crus ! L'armure que vous portiez n'était pas la vôtre, messire. Je ne savais pas que c'était vous. (Acalon me regarda en se cramponnant à moi avec ses dernières forces.) Que pouvais-je faire d'autre ?

Et, sur ces mots, il ferma les yeux et mourut entre mes bras avant que j'aie pu lui prodiguer le moindre réconfort.

Une fureur aveugle effaça les douleurs que me causaient mes blessures. Encore affaibli par tout le sang que j'avais perdu, je me fis amener Damas et Ontzlake et les informai de mon verdict. Damas serait déchu de tous ses droits au profit de son frère. Les chevaliers emprisonnés dans son cachot seraient immédiatement libérés, et Damas ne recevrait aucune part du patrimoine familial, car il ne méritait rien.

– Et que les chevaliers du cachot ramènent Acalon à Camelot. Qu'ils montrent le corps à la fée Morgane, afin qu'elle sache lequel d'entre nous elle a assassiné. Je les suivrai plus tard, quand j'aurai repris des forces. Qu'ils lui disent de ma part que si elle est encore là à mon retour, je veillerai à ce qu'elle périsse sur le bûcher pour expier ses crimes, et le fait qu'elle soit ma sœur n'y changera rien.

Et puis tout se mit à tournoyer dans ma tête, et je m'évanouis.

Je repris conscience au fond d'un lit, dans une vieille abbaye. Des échos de plain-chant s'élevaient de la chapelle, et j'entendis une cloche tinter doucement quelque part. Une nonne se tenait à mon chevet. Elle se pencha vers moi.

– Vous vous sentez mieux, messire ?

– Mon épée ! m'écriai-je. Où est mon épée ? Et mon fourreau ?

Ce que Morgane avait tenté une fois, j'étais convaincu qu'elle le tenterait à nouveau.

– Au pied de votre lit, messire, me répondit la nonne. Regardez.

– Donnez-moi Excalibur, dis-je. Je préfère l'avoir dans la main, à tout hasard.

Elle me la donna, et j'empoignai fermement Excalibur avant de sombrer à nouveau dans un profond sommeil.

Et, en dormant, je rêvai. Debout à côté de mon lit, la fée Morgane me souriait. Elle essaya de m'arracher Excalibur, mais je m'y cramponnai avec la ténacité d'un homme mort et ne la lâchai pas. Comprenant qu'elle ne parviendrait pas à me la prendre, elle se dirigea alors vers le pied de mon lit, souleva le ceinturon et caressa le fourreau.

— Joli travail, dit-elle. Eh bien, je vais m'en contenter. Sans lui, Arthur, vous saignerez comme le commun des mortels et, un jour, je vous regarderai vous vider de tout votre sang. Votre royaume sera enfin à moi.

Je m'éveillai et cherchai aussitôt des yeux le fourreau suspendu au pied de mon lit. Le ceinturon avait disparu, et le fourreau également. Horrifié, j'appelai la nonne, qui arriva en courant.

— Quelqu'un est entré dans cette chambre ?

— Uniquement votre sœur, messire. Elle était si bouleversée ! Elle a dit qu'il fallait absolument qu'elle vous voie. C'était votre sœur… je n'ai pas pensé que cela pourrait vous contrarier. Elle vient de partir, il y a quelques minutes à peine, avec ses dames de compagnie.

Ontzlake se chargea de m'armer et de me hisser sur mon cheval, et nous nous lançâmes ensemble à la poursuite de Morgane. Pendant des jours qui me parurent durer des semaines, nous traquâmes les fugitives sur des sentiers de forêt, dans des lits de torrent à sec, dans des défilés de montagne. Partout où elles allèrent, nous les suivîmes. Je savais que c'était mon seul espoir de récupérer le fourreau et de me débarrasser une fois pour toutes de la fée Morgane et de ses maléfices. En dépit des objurgations d'Ontzlake, je refusais de me reposer, n'acceptant de m'arrêter que le temps de prendre quelque nourriture et de faire boire les chevaux.

Et enfin, un matin, nous les aperçûmes, Morgane et ses sorcières de malheur. Leurs chevaux traversaient au petit trot une vaste plaine nue. Cette fois, nous les tenions. J'éperonnai ma monture pour lui demander un dernier effort mais, tandis que nous galopions, une nappe de brouillard déferla soudain sur la plaine. Morgane et ses sorcières y disparurent, puis elle nous avala à notre tour et nous ne vîmes plus rien. Quand nous retrouvâmes enfin la lumière du soleil, elles s'étaient évanouies. Autour de nous se dressait un cercle de grandes pierres levées. En scrutant le sol, nous y découvrîmes des traces de sabot, mais toutes s'arrêtaient ici et ne menaient nulle part, comme si Morgane et ses sorcières s'étaient volatilisées. Tout à coup, en regardant les menhirs qui m'entouraient, j'eus l'impression qu'il ne s'agissait nullement de pierres levées, mais de jouvencelles dansant une sarabande triomphale, et je compris ce qui s'était passé.

– Elles se sont transformées en pierres, dis-je. Nous ne pouvons plus rien faire. Pour moi, le fourreau d'Excalibur est perdu à tout jamais.

Et, dressé au centre de cette bacchanale de sorcières, je criai :

– Ne croisez plus jamais mon chemin, maudite sœur, car si je vous revois, je vous tuerai, j'en fais le serment.

Mais les pierres nous narguèrent par leur silence. Nous fîmes demi-tour et repartîmes au pas lent de nos chevaux las pour rentrer chez nous, à Camelot.

Quelques semaines plus tard, encore affaibli par mes blessures, j'arrivai enfin à Camelot avec mes compagnons. Guenièvre courut à ma rencontre, suivie de Bercelet qui aboyait joyeusement. Elle m'étreignit comme si elle s'était juré de ne plus me lâcher.

– Oh, Arthur, restez toujours auprès de moi, murmura-t-elle. Ne m'abandonnez plus jamais ainsi. Je ne peux pas vivre sans vous, je ne le peux pas.

Avant d'avoir compris ce qui m'arrivait, je fus soulevé de terre par Gauvain et Bedivere, qui me chargèrent sur leurs robustes épaules et me portèrent dans la grande salle où étaient réunis tous mes chevaliers. Lorsqu'ils se décidèrent à me poser à terre, je m'assis près du feu et leur racontai ce qui m'était arrivé. Bedivere fut le premier à prendre la parole.

– Voilà donc pourquoi vos demi-sœurs sont parties si soudainement, dit-il. La fée Morgane est revenue chercher les deux autres et les a emmenées aussitôt. Elles étaient déjà loin lorsqu'on a ramené le pauvre Acalon. Nous l'avons enseveli avec tous les honneurs que vous auriez souhaités, messire.

Guenièvre posa sa main fraîche sur mon front.

– Nous étions déjà partiellement au courant, dit-elle, car Margawse était venue me trouver la veille de son départ. (Mon cœur s'emplit brusquement de terreur à la pensée de ce que Margawse avait pu lui raconter.) Elle m'a dit que la fée Morgane l'avait obligée à faire certaines choses qu'elle ne voulait pas : d'après elle, vous sauriez à quoi elle faisait allusion. Je l'ai questionnée, mais elle n'a pas voulu m'en dire davantage. Elle nous laissait son fils, le petit Mordred, en nous priant de lui servir de père et de mère et de l'élever comme s'il était notre enfant. Je ne pouvais pas refuser, n'est-ce pas ? Elle a dit que vous ne les reverriez jamais, ni elle ni aucune de vos demi-sœurs. Elle l'a promis.

– Eh bien, tant mieux, répondis-je en retrouvant mon souffle. C'est un soulagement pour moi et pour tout le monde.

Je regardai tous les amis qui m'entouraient et me sentis réconforté par leur zèle et leur affection. Ils me servirent mon dîner devant la cheminée. Bercelet en dévora la plus grande partie, évidemment, mais cela me suffisait. Je bus mon vin à petites gorgées, m'adossai à mon fauteuil et fermai les yeux. J'étais chez moi, en sécurité.

Bercelet se dressa sur ses pattes en grondant. La grande porte s'ouvrit brusquement. Nous commençâmes par croire qu'il ne s'agissait que d'un coup de vent, puis nous distinguâmes une silhouette voûtée, appuyée sur une canne. Lorsqu'elle s'approcha de nous, je vis que c'était une vieille femme vêtue de haillons encroûtés de boue. Elle marchait pieds nus.

– Suis-je à la cour du roi Arthur ? s'enquit-elle d'une voix chevrotante.

– Vous y êtes, lui répondis-je. Entrez vous réchauffer.

– Je vous ai apporté ceci, dit-elle en me tendant un manteau de taupe noir garni de renard. C'est moi qui ai capturé toutes les taupes, ainsi que les renards, et qui ai préparé les peaux. Je n'ai utilisé que la fourrure la plus douce, celle du ventre. Rien n'est trop beau pour mon roi. J'ai fait ce manteau spécialement pour vous, messire. Cela fait dix ans que j'y travaille. (Elle s'approcha de moi.) Tenez, dit-elle. Prenez-le et mettez-le, messire Arthur, et que Dieu vous bénisse.

J'allais tendre la main vers le manteau quand je m'aperçus que je ne pouvais pas bouger le bras. Quelqu'un me retenait. Je crus d'abord que c'était Guenièvre, mais je me trompais. C'était dame Nemue. D'où sortait-elle ? Comment se trouvait-elle là, à côté de moi ? Mystère.

– Ne faites pas cela, Arthur, me dit-elle, car ce manteau vous est envoyé par la fée Morgane. Si vous l'enfilez, vous mourrez. Croyez-moi, je sais ce que je dis.

– Comment pouvez-vous en être certaine ?

– Ordonnez à cette femme de s'en vêtir et vous verrez.

En entendant cela, la vieille poussa des glapissements stridents et battit précipitamment en retraite. Kay et Gauvain l'empoignèrent et la ramenèrent. Ce fut Gareth qui lui prit le manteau des mains et, malgré ses cris et ses gesticulations, lui en drapa les épaules. Aussitôt, comme si le feu émanait d'elle-même, elle se mit à brûler. Des flammes jaillirent de sa bouche, de ses yeux et de ses oreilles et, en l'espace de quelques minutes, il ne resta plus de la vieille femme et de son manteau qu'un tas de cendres fumantes.

Dame Nemue se tourna vers moi.

– Je ne peux pas demeurer continuellement à vos côtés, me dit-elle. Il faut être plus vigilant. N'oubliez pas que si la fée Morgane est retournée dans son château, elle peut encore vous atteindre. Gardez toujours à l'esprit ce que vous a dit un jour Merlin : si elle le peut, si vous la laissez faire, elle vous détruira.

– Comment va Merlin ? demandai-je.

– Il se repose, répondit-elle. Il dort dans une profonde caverne, sous une aubépine qui fleurit en toute saison. Il est vieux et fatigué. Il m'a demandé de veiller sur vous, et je ferai de mon mieux. (Elle regarda Bercelet qui reniflait nerveusement le tas de cendre et sourit.) Et il vous reste ses yeux et ses oreilles, n'est-ce pas ? Que Dieu vous bénisse, messire, et vous ait en sa sainte garde.

Et elle glissa vers la porte, passa au travers des vantaux et disparut.

Bercelet courut après elle et gratta les battants. Au moment où je le rappelais, j'entendis un enfant pleurer au premier et une chouette ululer autour du donjon.

– Il pleure continuellement, dit Guenièvre. C'est un enfant très tourmenté, toujours renfrogné. Il ne me sourit jamais, et je le regrette. Il faut que j'aille auprès de lui. Il le faut.

Lorsqu'elle vint me rejoindre, cette nuit-là, elle se glissa sans bruit dans le lit.

– C'est un enfant si triste, dit-elle, si étrange. Parfois,

il me regarde d'une telle façon qu'il me fait presque peur.

Je la pris dans mes bras et la serrai contre moi.

– Enfin, dit-elle. Vous êtes de retour, je vous aime et vous m'aimez. Il n'y a que cela qui compte, n'est-ce pas ?

– Oui, répondis-je, il n'y a que cela qui compte.

Mais, durant toute la nuit, la chouette ulula autour du château et m'empêcha de fermer l'œil.

Lancelot

Quand je songe à ma vie passée – et j'ai disposé de beaucoup, beaucoup d'années pour le faire – j'ai souvent du mal à me rappeler l'enchaînement précis des événements et la vitesse à laquelle le temps s'est écoulé. Comme la marée, la mémoire a des hauts et des bas. Parfois, elle est si claire, si limpide qu'il me suffit de fermer les yeux pour me retrouver à Camelot. Et c'est avec cette netteté que je me rappelle mes premières années avec Guenièvre.

Il y avait déjà un certain temps que nous étions mariés et nous étions heureux ensemble, mais un fantôme, une ombre, commençait à planer entre nous. Nous n'avions pas d'enfant, seulement Mordred et, en grandissant, celui-ci devenait de plus en plus pénible à supporter, sa présence rappelant continuellement à Guenièvre qu'elle était, jusqu'à nouvel ordre, stérile, et à moi que j'avais commis, vis-à-vis d'elle, une faute grave. Guenièvre désirait ardemment avoir un enfant et je le souhaitais également, mais nous n'en parlions jamais. À quoi bon ? Nous nous connaissions si bien.

En tant que reine, Guenièvre était tout ce que je pouvais désirer. Comme moi, tout Camelot l'adorait. Elle était ce qu'on souhaitait qu'elle fût : belle, aimable, égale d'humeur, une reine parfaite à tous égards. Et, dans l'intimité, nous étions toujours aussi bons amis, aussi confiants. Elle était de bon conseil, sa loyauté était absolue et sa perspicacité pénétrante. Cependant, les années passant, nos conversations portaient de moins en moins sur nous-mêmes. Nous parlions des chevaliers, de leurs aventures, de la cour, du royaume et de Mordred, toujours de Mordred. Je ne crois pas qu'elle l'aimait vraiment : personne ne l'aimait. Peut-être avait-elle seulement pitié de lui, je ne sais pas. En tout cas, les marques d'affection qu'elle lui prodiguait devenaient de plus en plus ostensibles, en dépit de ses jérémiades et de ses pleurnicheries continuelles. Si jamais nous avions une discussion – ce qui était rare –, c'était invariablement à propos de Mordred. Aveugle à ses défauts, elle excusait ses accès de mauvaise humeur, lui passait toutes ses lubies, tous ses caprices, et ne lui refusait rien. Mordred était tout doucement en train de devenir la plaie de notre existence.

Pourtant, autour de nous, Camelot était plus florissant que jamais. De tout le royaume, des chevaliers venaient offrir leurs services à leur roi. Et ne va pas t'imaginer que les chevaliers de la Table ronde étaient tous dans la force de leur prime jeunesse. Beaucoup d'entre eux étaient jeunes, bien entendu, et aussi épris d'idéal et pleins de rêves que moi-même, mais la plupart étaient d'anciens compagnons d'armes des guerres

102

saxonnes, et beaucoup d'entre eux étaient voûtés par l'âge et assagis par l'expérience. Ils étaient déterminés, maintenant que le pays était de nouveau à nous, à en extirper le Mal et à en faire un endroit où il ferait bon vivre pour leurs enfants et les enfants de leurs enfants. De Camelot, ils rayonnaient dans toutes les directions du royaume, jusque dans les régions les plus éloignées, et partout, toujours, ils y faisaient régner la paix et la justice. Beaucoup ne revenaient pas, et souvent, trop souvent, des sièges se trouvaient vacants autour de la Table ronde. Mais il se présentait immanquablement de nouveaux chevaliers pour les occuper et de nouveaux visages pour participer à nos agapes. Pas une semaine ne s'écoulait sans qu'un chevalier ne revienne nous faire part de ses aventures. Certains étaient meilleurs conteurs que d'autres, et il est indéniable que la fanfaronnade n'était pas absente de Camelot. Mais quelle vibrante et heureuse époque c'était, car nous savions tous parfaitement pourquoi nous vivions chacune de nos journées, pourquoi et contre quoi nous nous battions. D'une manière ou d'une autre, nous édifierions le royaume de Dieu ici, en Bretagne, et bâtirions le royaume de Logres. Nous étions tous tellement sûrs de nous !

Être roi n'est pas facile, même avec une reine comme Guenièvre à ses côtés. Je n'avais plus de Merlin pour me guider. Les éventuels regards approbateurs ou réprobateurs de Bercelet ne m'aidaient guère et n'étaient qu'un piètre réconfort, bien qu'il fût pour moi un compagnon fidèle. Et quand je dis fidèle, cela signifie fidèle. Il en était même arrivé à coucher sur notre lit, ce que Guenièvre n'appréciait nullement. Il n'y avait pas moyen de l'en déloger, mais j'avoue que je ne m'y employais pas avec beaucoup d'énergie. Je suis sûr que c'était l'une des raisons pour lesquelles Guenièvre allait parfois coucher dans sa chambre du donjon. Une autre raison était Mordred. Il pleurait souvent la nuit, et elle disait qu'elle devait être près de lui. Bercelet, en revanche, gardait ses distances avec Mordred. Il grognait chaque fois qu'il l'apercevait, ce qui n'avait rien de surprenant, Mordred ne ratant jamais une occasion de lui tirer la queue ou de lui pincer les oreilles.

De tous mes chevaliers, je pense que le plus proche de moi fut toujours Gauvain. C'était un homme foncièrement bon et généreux, bien qu'il eût le sang chaud et fût parfois trop prompt à se mettre en colère. Et cependant, je n'eus jamais le sentiment que je pouvais lui faire entièrement confiance. Bedivere était avisé mais faible, et Egbert, mon vieux père adoptif, était maintenant trop âgé et trop impotent pour m'être d'une grande aide. Quant à Kay, il ne réussit jamais à devenir mon ami, comme je m'entêtais à espérer que cela finirait par arriver. Bien qu'il s'efforçât toujours de dissimuler ses sentiments, je ne crois pas qu'il soit jamais parvenu à me pardonner complètement d'avoir extrait cette épée de la pierre, en ce jour lointain. Aussi, malgré ma famille, malgré les bons et loyaux amis qui m'entouraient, malgré une épouse aimante et une reine parfaite, j'étais de plus en plus seul… jusqu'au jour où Lancelot arriva à Camelot, un jour que je revois aujourd'hui aussi clairement que si c'était hier.

Un matin, je fus réveillé par un brouhaha dans la cour du château. En me penchant à ma fenêtre, je vis quatre hommes franchir le portail avec une civière sur laquelle gisait un chevalier en tenue de combat. Celui-ci poussa des cris de douleur lorsqu'ils le posèrent à terre. Un attroupement se forma aussitôt autour de lui, et je vis le chevalier essayer de se lever en repoussant ceux qui tentaient de l'aider. Je criai :

— Écartez-vous ! Laissez-le respirer !

Je m'habillai rapidement et descendis affronter la froidure de la cour. Lorsque j'arrivai auprès du chevalier, il était couché sur le dos, le visage blême et les yeux révulsés. Je n'eus pas besoin de lui demander de quoi il souffrait : une lame d'épée rouillée était profondément enfoncée dans l'une de ses jambes, et l'affreuse plaie béante était déjà pleine de pus. Je m'accroupis à côté de lui.

— Messire Arthur, dit-il en tendant la main pour toucher ma barbe, je n'ai qu'une seule et unique chance de m'en tirer. Il faut que vous m'aidiez. Si je ne parviens pas à découvrir le chevalier capable de me retirer cette lame du corps et de me guérir, je suis un homme mort. J'ai voyagé durant plusieurs jours pour arriver jusqu'ici. L'ermite qui m'y a envoyé a déclaré que j'étais perdu, à moins de trouver le chevalier le meilleur et le plus brave de la cour du roi Arthur. Lui seul pourrait me sauver, car lui seul pourrait arracher cette lame et cicatriser ma blessure infectée.

Je le fis aussitôt porter au chaud dans le château, où Guenièvre nettoya sa plaie et lui fit prendre le peu de boisson et de nourriture qu'il put avaler.

— Vous êtes bonne, madame, murmura-t-il, et je vous en remercie, mais ni la nourriture, ni la boisson, ni la bonté ne peuvent me sauver.

Sur ces mots, il sombra dans une profonde torpeur dont je ne pus l'éveiller. Je fis venir l'un après l'autre tous les chevaliers de la Table ronde, en commençant par Gauvain qui me paraissait le plus indiqué : j'avais toujours considéré Gauvain comme le meilleur d'entre nous, aussi bien par sa force que par son intégrité. Mais il ne put retirer la lame, et personne d'autre n'y parvint. Chacun de nous empoigna la lame brisée et essaya de la sortir, moi comme les autres, mais aucun ne put seulement l'ébranler. La douleur faisait gémir le blessé dans son sommeil et, quelque temps après, il reprit connaissance.

— Nous avons tous essayé, lui dis-je. Je suis désolé, mais il n'y a pas d'autre chevalier à Camelot. Votre ermite a dû faire erreur.

Il secoua violemment la tête.

— S'il n'est pas là, il viendra, affirma-t-il. Je vous certifie qu'il viendra. Il le faut.

J'avais vu suffisamment de blessures mortelles, suffisamment de visages défaits, grisâtres, pour savoir qu'il était mourant et qu'il s'agissait des ultimes divagations d'un agonisant se cramponnant désespérément au plus petit espoir. Guenièvre le savait également. Elle s'assit à côté de lui et joua de la harpe pour l'aider à mourir en paix. Au bout d'un instant, je les laissai en tête à tête, car l'odeur de la mort m'a toujours soulevé le cœur.

Je faisais les cent pas dehors, sous le chêne, quand j'entendis approcher des chevaux. Deux cavaliers entrèrent au galop dans la cour. Je vis aussitôt que l'un d'eux était dame Nemue, et je courus l'aider à mettre pied à terre. Le jeune chevalier qui l'accompagnait sauta de son cheval et se prosterna devant moi.

– Messire Arthur, dit-il. Enfin !

– Qui êtes-vous ? lui demandai-je.

– Il s'appelle Lancelot, répondit dame Nemue. C'est mon fils adoptif, le fils du roi Ban de Benwick, qui combattit à vos côtés à Mount Bladon.

Le regard que le jeune homme fixait sur moi était si franc, si ouvert que je dus détourner les yeux.

– Je me souviens fort bien du roi Ban, dis-je. Un chevalier courageux et un ami fidèle.

– Alors, vous vous rappelez certainement que Merlin vous avait prédit que vous recevriez un jour la visite d'un chevalier plus fort, plus loyal, plus courageux que tous les autres, qui souhaiterait être votre ami. Eh bien, c'est lui. Merlin me l'a amené tout enfant, afin que je le rende apte à vous servir et que je le prépare à cette rencontre.

– Dans ce cas, répondis-je, il se pourrait qu'il tombe à pic. Je vais le mettre à l'épreuve immédiatement. Suivez-moi.

Et je les conduisis dans la grande salle du château, où Guenièvre jouait toujours doucement de la harpe et où le chevalier blessé gisait toujours sur sa civière, aussi immobile qu'un mort.

– Comment va-t-il ? demandai-je.

– C'est la fin, répondit Guenièvre.

– Il nous reste un dernier espoir, dis-je. Voici Lancelot.

En entendant cela, Guenièvre leva les yeux et vit le jeune homme. La musique cessa brusquement, et un grand silence nous enveloppa.

– Guérissez cet homme, dis-je à Lancelot, et je saurai que vous êtes effectivement le chevalier désigné par Merlin et le meilleur d'entre nous.

Dame Nemue posa sa main sur l'épaule de Lancelot.

– Il n'est pas encore chevalier, Arthur, dit-elle. Conférez la chevalerie à mon fils adoptif, et je vous certifie que ce malheureux vivra.

Cette idée souleva quelques murmures.

– Je croyais que le titre de chevalier ne pouvait s'acquérir qu'au combat, protesta Kay, et qu'un homme devait faire ses preuves avant l'adoubement.

« Celui-là, songeai-je, il faut toujours qu'il mette son grain de sel. » Sans lui répondre, je posai le plat d'Excalibur sur l'épaule du jeune homme, puis sur sa tête et enfin sur son autre épaule. Lancelot me remercia et, à nouveau, son regard brûlant croisa le mien, non pas par défi ou avec le moindre soupçon d'arrogance, mais avec une force, une assurance extraordinaires. Il s'approcha de la civière, s'agenouilla à côté d'elle et pria un instant, les yeux clos. Puis il tendit la main, saisit la lame entre le pouce et l'index, et la tira doucement. Lorsqu'elle sortit de la plaie, celle-ci se referma au fur et à mesure, les chairs perdirent leur lividité, et la jambe retrouva son aspect sain. Les yeux de l'homme s'ouvrirent en clignotant, et il regarda autour de lui tandis que ses joues reprenaient déjà leurs couleurs. Lancelot lui montra la lame et la lui tendit avec un sourire.

— Je crois que ceci vous appartient, dit-il.

Et toute la salle manifesta bruyamment sa joie, sauf Guenièvre qui riait avec ses yeux comme au temps où j'avais fait sa connaissance. Lancelot fut porté en triomphe et fit plusieurs fois le tour de la salle, mais je n'en continuai pas moins à me demander s'il pouvait réellement posséder toutes les qualités décrites par dame Nemue, car il mesurait au moins une tête de moins que moi et était loin d'être un colosse. S'il était le plus puissant de nous tous, comme elle l'avait affirmé, sa force devait être intérieure. Lorsqu'on se décida à le reposer à terre, il vint se prosterner devant moi.

— Messire Arthur, dit-il, j'ai deux frères, Lionel et Hector. Ils doivent arriver ici demain. Eux aussi demanderont à se joindre à vous et à vous servir. Les adouberez-vous comme vous l'avez fait pour moi ?

— S'ils en sont dignes, répondis-je et je me tournai vers Guenièvre. Votre anniversaire tombe après-demain, lui dis-je. Pour le célébrer, nous allons organiser un tournoi. Cela permettra à ces jeunes gens de faire leurs preuves, ainsi qu'à Lancelot. Certains de ceux qui s'asseyent autour de cette table commencent à se rouiller un peu, à s'engourdir. Gauvain mange trop et boit trop, et il n'est pas le seul. Gaheris dort trop, et Bedivere rêve trop. Nous allons donc organiser un tournoi en l'honneur de l'anniversaire de la reine, et nous saurons vite si Lancelot est aussi valeureux que l'affirme dame Nemue.

À Camelot, les tournois n'étaient pas de simples passe-temps. Ils servaient à se perfectionner, à s'entraîner, à l'occasion à vider une querelle sans qu'aucun des deux antagonistes ne soit grièvement blessé. Il y avait parfois quelques meurtrissures, quelques contusions mais, en général, la seule victime était l'amour-propre. Le lendemain, lorsque Lancelot entra pour la première fois en lice, toutes les têtes se tournèrent vers lui et un silence tendu tomba sur l'assistance. Gauvain l'affronta en premier, puis Pelinore, puis Balyn, puis ses deux frères, Lionel et Hector, et finalement moi. Nous étions tous de bons jouteurs ou, du moins, nous avions toujours cru l'être, mais nous finîmes tous de la même manière : en mordant la poussière dès le premier assaut, sans façon ni vergogne. Au cours de ce seul après-midi, Lancelot désarçonna plus de cinquante d'entre nous. Et lorsque ce fut terminé et qu'il vint me trouver, tout souriant, il transpirait à peine. Jamais je n'avais vu jouter de cette façon-là, et les autres pas plus que moi : c'était magistral et d'une déconcertante facilité.

– Pas mal, dis-je.

– Et comment vont vos meurtrissures, messire ? s'enquit-il avec une lueur dans l'œil.

– Pas mal, répondis-je.

Ce soir-là, en me couchant, j'avais la moitié du corps couverte de bleus et toutes les articulations raides, mais nul regret, pas plus, je pense, que n'en avaient aucuns de ceux auxquels Lancelot avait infligé le même traitement, car nous savions maintenant que ma cour de Camelot abritait le champion de tous les champions. Et je savais également que j'avais enfin trouvé l'âme sœur, l'ami auquel je pourrais me fier.

— À mon avis, dit Guenièvre en se couchant à côté de moi, vous auriez peut-être tort de trop aimer cet homme.

Je me demandai ce qu'elle avait voulu dire par là, et je m'endormis sans avoir trouvé la réponse.

Durant les semaines et les mois qui suivirent, Lancelot, Guenièvre et moi ne nous quittâmes pratiquement pas. Nous chassions ensemble, à courre ou au faucon, nous jouions aux échecs ensemble (Lancelot gagnait le plus souvent) et nous causions ensemble jusqu'à une heure avancée de la nuit. Nous bavardions comme le font les amis intimes, librement et spontanément, sans chercher à briller, à impressionner ou à convaincre. Durant tout ce temps, Lancelot ne tenta pas une seule fois de profiter de cette familiarité pour influer sur mes décisions en tant que roi, à moins que je n'aie sollicité son avis. Nous parlions d'autres choses, des fleurs des champs qu'il connaissait toutes, des oiseaux du bord de l'eau dont il savait imiter tous les chants. Il savait aussi glisser la main sous un saumon endormi et le sortir de la rivière sans le réveiller.

Je me rappelle un jour où j'étais couché dans l'herbe,

les mains derrière la tête, avec Guenièvre et Lancelot à mes côtés. Guenièvre tressait un collier de boutons d'or. En gambadant dans les hautes herbes, Bercelet dérangea une alouette, qui s'envola en poussant un cri strident et se mit à tourner au-dessus de nos têtes. Soudain, elle tomba morte à nos pieds, et deux garçons arrivèrent en courant. C'était Mordred et l'un de ses camarades, tout fiers de leur exploit. Mordred tenait une fronde à la main. Lancelot empoigna les deux gamins par la nuque et les obligea à ramasser l'oiseau mort et à contempler leur œuvre. Il leur montra une autre alouette qui montait toujours dans le ciel.

– Voilà ce que vous avez interrompu avec votre caillou, s'écria-t-il.

Il les cogna l'un contre l'autre, crâne contre crâne, et les renvoya. Lorsqu'il revint vers nous, ses yeux étaient pleins de larmes.

– Si seulement on pouvait éduquer les enfants, dit-il. Alors, on pourrait réellement changer le monde. Là, vous pourriez édifier votre royaume de Logres, mais pas autrement. (Il se tut, craignant d'être allé trop loin.) Je m'excuse, messire, mais avec vous et votre reine, je dois exprimer ma pensée.

– Je ne voudrais pas qu'il en soit autrement, Lancelot, dis-je.

Je regardai Guenièvre. J'aurais cru qu'elle protesterait contre le traitement infligé à Mordred par Lancelot, mais elle n'en avait rien fait. Au contraire, elle regardait Lancelot avec une admiration non dissimulée, son collier de boutons d'or dansant au bout de ses doigts. Il le lui prit des mains et le lui posa délicatement sur la tête.

– Une couronne idéale pour la plus adorable de toutes les reines, dit-il.

Pendant un court instant, le temps sembla suspendu, tant l'harmonie qui régnait entre nous trois et le monde extérieur était parfaite. Je ne crois pas avoir jamais ressenti, ni avant cela ni depuis, une telle impression de plénitude.

Lancelot resta encore avec nous durant quelques jours puis, un beau matin, il ne fut plus là. Il n'avait pas parlé de départ, ni à moi ni à personne d'autre. Il avait simplement disparu.

Les saisons succédèrent aux saisons, les années aux années, et Lancelot ne revint pas. J'envoyai à sa recherche Bors, Gauvain, Perceval et une douzaine d'autres. Ses frères, Lionel et Hector, partirent également. Tous revinrent bredouilles, sans avoir découvert la moindre trace de lui. Guenièvre me supplia de charger d'autres chevaliers de le retrouver. L'inquiétude qui la rongeait la fit dépérir, l'obligeant à rester cloîtrée durant des jours et des jours dans sa chambre du donjon. Elle avait renoncé à jouer de la harpe, et quand par hasard elle se décidait à se joindre à nous, elle demeurait assise devant la fenêtre, regardant tristement au loin. Je m'efforçais de la réconforter de mon mieux mais, apparemment, sans jamais parvenir à trouver les mots qu'il aurait fallu. Je ne le disais pas à Guenièvre, mais si, comme elle, je déplorais la perte du meilleur ami que j'aie jamais eu, j'étais maintenant convaincu que Lancelot ne reviendrait jamais : il était absent depuis trop longtemps. S'il avait été en vie, j'étais persuadé que nous l'aurions appris d'une manière ou d'une autre. Non seulement nos existences nous semblaient vides, mais le cœur de Camelot avait cessé de battre.

Un soir d'automne où le tonnerre grondait audehors, nous étions en train de souper lorsque Mordred arriva en courant dans la grande salle.

– Voilà Lancelot ! s'écria-t-il. Lancelot est de retour ! Bors le ramène. Il l'a retrouvé !

Il parlait encore quand la foudre tonna avec une telle violence que le château en fut ébranlé. Les chevaux hennirent de terreur dans la cour d'honneur, et une bourrasque ouvrit brutalement la porte de la salle. Deux hommes se tenaient sur le seuil, la visière de leur heaume relevée. Je reconnus Bors, qui soutenait un inconnu aux longs cheveux gris dont les yeux éteints parcoururent l'assemblée avec indifférence jusqu'à ce qu'ils se posent sur moi. Il repoussa alors le bras secourable de Bors et se dirigea vers moi à pas lents, titubants. Il fallut qu'il soit tout près pour que je comprenne que c'était bien Lancelot. Et même à ce moment-là, je ne le reconnus qu'à ses yeux. Son visage était décharné, ses cheveux noirs étaient devenus gris. Il voulut se prosterner, mais il en fut incapable. Je le pris dans mes bras et le serrai sur mon cœur.

– Messire, dit-il, vous allez regretter de m'avoir revu.

– Comment pouvez-vous dire une chose pareille ? protestai-je et je le fis asseoir.

Il regarda nerveusement autour de lui.

— La reine ? chuchota-t-il. Elle est ici ?

— Dans le donjon, répondis-je. Elle n'est pas bien, ces temps-ci. Je vais l'envoyer chercher.

— N'en faites rien, je vous en prie, murmura-t-il en m'étreignant le poignet. Je n'ai pas la force de la voir, pas encore. D'ailleurs, il faut d'abord que je vous parle, et cela doit se passer en tête à tête.

Il s'adossa à son siège en tendant ses mains vers le feu et attendit que tout le monde ait quitté la pièce pour commencer son récit, d'une voix si faible qu'elle était méconnaissable.

— Depuis la dernière fois que nous nous sommes vus, messire, je suis monté presque jusqu'au ciel et descendu jusqu'en enfer. (Il parut hésiter à continuer et faillit y renoncer.) Je commencerai par le début, par le jour où j'ai quitté Camelot. J'avais besoin d'être seul, vous saurez plus tard pourquoi. Je n'étais pas bien loin d'ici lorsqu'un ermite sortit des bois en agitant un bâton. Je crus tout d'abord avoir affaire à un fou, mais quand il m'appela par mon nom, j'arrêtai mon cheval et l'écoutai. « Lancelot, me dit-il, accompagnez-moi, je vous en conjure. Un dragon rôde autour du château du roi Pelles, à Corbenic, en empêchant quiconque d'y entrer ou d'en sortir, si bien que les habitants meurent de faim. Plusieurs valeureux chevaliers ont déjà tenté de le détruire, mais il les a tous réduits en cendre. Vous seul y parviendrez. »

« J'aurais dû revenir à Camelot pour prendre mon armure et vous dire où j'allais et quelle tâche m'attendait, mais je n'osais pas me présenter devant vous ni devant la reine.

Lancelot parlait maintenant les poings crispés, la tête basse, comme s'il était écrasé de honte, et il paraissait absolument incapable de me regarder en face.

– Si j'ai suivi cet ermite, messire, ce ne fut pas pour sauver le roi Pelles et ses sujets affamés, ni même pour tuer le dragon, mais uniquement parce que j'espérais être exterminé par le feu de ce monstre. Le secret que je portais en moi était si affreux, si terrible que je ne voulais plus vivre avec lui.

J'essayai de l'interrompre pour lui demander quel était ce fameux secret, mais il ne m'en laissa pas le temps.

– Après avoir cheminé durant des semaines dans des landes désertes, continua-t-il, nous finîmes par atteindre une forêt tellement dense qu'on n'y distinguait même pas des pistes de gibier qui auraient pu nous guider mais, Dieu sait comment, l'ermite semblait toujours reconnaître son chemin. Pendant plusieurs jours, je respirai exclusivement le relent âcre de la terre brûlée, et ce ne fut qu'en débouchant enfin de la forêt que j'en découvris la raison. Aussi loin que portait le regard, le sol était noirci et les arbres n'étaient plus que des souches fumantes. Des dépouilles calcinées de bêtes et d'oiseaux jonchaient ce paysage désolé. L'ermite tendit le bras vers le lointain.

« – Le château de Corbenic, chuchota-t-il. Regardez ce qu'a fait le dragon.

« – Où est-il ? demandai-je, apparemment trop fort.

« – Chut ! fit l'ermite en posant un doigt sur ses lèvres. Vous allez le réveiller ! Et marchez tout doucement. Mettez pied à terre et enveloppez de chiffons les sabots de votre cheval : c'est votre seule chance de le surprendre endormi. Une fois qu'il est éveillé, aucun homme au monde ne peut lui tenir tête. Je ne vais pas plus loin, je n'ose pas. Dieu vous bénisse, Lancelot.

« Et, sur ces mots, il disparut dans la forêt. Je descendis donc de cheval et continuai à pied, l'épée au poing. Pendant une demi-journée, je sillonnai cette désolation sous un soleil de plomb, à la recherche du dragon. J'étais si affaibli par la soif que je dus faire un faux pas, car je trébuchai et tombai. Aussitôt, j'entendis un rugissement semblable à celui qu'auraient poussé cent ours en colère, et un gigantesque dragon roussâtre, aux ailes déployées, surgit du sol à proximité du château et fonça sur moi en crachant le feu. Le premier souffle de son haleine fit voler mon bouclier en éclats, mais je marchai à la mort de bon cœur, en faisant tournoyer mon épée au-dessus de ma tête et en hurlant des défis à la bête. Au deuxième souffle, je sentis ma peau cloquer. Le troisième m'achèverait. Je me ruai en avant et lançai mon épée comme un javelot. Je m'attendais à ce qu'elle rebondisse sur la peau écailleuse du dragon et je me préparais à mourir d'une seconde à l'autre, mais elle fendit l'air comme un dard et se planta dans sa gorge. Il s'effondra en poussant un cri d'agonie et en fouettant l'air de sa queue. Lorsque je m'approchai de lui, il ne bougeait plus. Je récupérai mon épée et, d'un seul coup, lui tranchai la tête. Des remparts du château fusèrent

des acclamations, des cris de joie, et puis le pont-levis s'abaissa et les assiégés se précipitèrent au-devant de moi. Je fis mon entrée dans Corbenic en héros conquérant, suivi du cadavre du dragon tiré par quatre chevaux. Le roi Pelles, estropié par une ancienne blessure, se fit porter pour m'accueillir, accompagné de sa fille Elaine.

« – Dieu soit loué ! s'écria le roi Pelles. Mes sujets vont pouvoir manger. Le blé se remettra à pousser, les oiseaux recommenceront à chanter, et la fumée noire de la mort n'obscurcira plus le soleil. Entrez, entrez, Lancelot.

« – Vous me connaissez ? demandai-je.

« – L'ermite nous avait promis que vous viendriez, répondit le roi Pelles. Vous étiez la lueur d'espoir qui nous faisait vivre, celui pour lequel tout le monde priait. Nous savions que personne ne pourrait tuer le dragon, sauf Lancelot : l'ermite nous l'avait affirmé. Et maintenant vous êtes là, et le dragon est mort.

« – Aussi chaleureux que fut cet accueil, je ne voulus pas m'attarder, car je cherchais toujours à mourir et ne souhaitais participer à aucune réjouissance, aucune célébration. Ce fut la jeune fille, Elaine, qui me retint.

« – Venez, me dit-elle en me prenant par la main. Vous êtes blessé, vous êtes fatigué. Reposez-vous chez nous pendant quelques jours… seulement jusqu'à ce que vous alliez mieux, si c'est ce que vous désirez. Ensuite, vous pourrez reprendre votre voyage.

« – Je n'eus ni le courage ni l'envie de refuser.

Lancelot leva la tête vers moi, les yeux douloureux.

– Vous voyez combien je suis faible avec les femmes, messire ?

Il poussa un gros soupir, secoua la tête et poursuivit son récit.

– Donc, je restai. Je débarrassai mes vêtements de la poussière de la route et du sang du dragon, mais mes brûlures, quand je redescendis, un peu plus tard, dans la salle, étaient toujours cuisantes. La chère fut maigre et le vin absent, mais l'ambiance était pleine de joie et de rires. Jamais le pain rassis et l'eau claire n'avaient eu aussi bon goût. Après le repas, le roi Pelles se tourna vers moi.

« – C'était une bien piètre récompense après ce que vous avez fait pour nous, Lancelot, mais vous allez maintenant voir une chose qu'aucun autre chevalier de la cour du roi Arthur n'a jamais vue. Si vous n'étiez pas venu, le dragon que vous avez tué nous aurait tous exterminés, y compris ma fille bien-aimée. Mais ce n'était pas pour nous qu'il était venu. C'était pour ceci.

« À ce moment, la salle s'emplit d'une lumière si éblouissante qu'elle me brûla les yeux, mais il n'était pas question de les détourner, parce que je tenais à voir.

La main de Lancelot se crispa sur mon bras.

– Vous allez me croire fou, dit-il, mais c'était le Saint-Graal. Je l'ai vu de mes yeux, messire. J'ai vu une dame tout de blanc vêtue apporter dans la salle du château la coupe dans laquelle Notre Seigneur Jésus-Christ a bu pendant la Cène. Cette coupe n'était ni en or ni en argent, mais en bois d'olivier, et cependant elle était auréolée de lumière, une lumière qui m'emplit d'une joie et d'une paix indicibles. Pendant qu'elle passait devant nous, le roi Pelles m'expliqua que cette coupe lui avait été transmise par sa famille, celle de Joseph d'Arimathie, qui l'apporta à Corbenic il y a bien longtemps de cela. Il ajouta que le Saint-Graal viendrait un jour ici, à Camelot, que tous les chevaliers partiraient à sa recherche à tour de rôle, moi comme les autres, mais qu'un seul le trouverait : il ne précisa pas lequel ce serait. Et il dit encore autre chose, messire : « Le jour où le Saint-Graal franchira le portail de Camelot sera le commencement de la fin pour vous et pour nous tous qui vous entourons. »

— C'est cela, votre terrible secret ? lui demandai-je. Vous savez, le roi Pelles n'est pas un deuxième Merlin. Il n'a pas, comme l'avait Merlin, le don de voir comment les choses se dérouleront dans l'avenir. Ce ne sont là que des divagations de vieillard : n'en tenez pas compte. Quant au Saint-Graal, on ne sait même pas s'il existe. Aucun de ceux auxquels j'en ai parlé ne l'a jamais vu. Ce que vous avez cru voir n'était peut-être qu'une illusion, un sortilège de la fée Morgane et de ses sorcières.

— Croyez-moi, messire, il ne s'agissait pas d'une supercherie, d'une sorcellerie quelconque. (Lancelot se pencha vers moi et je vis, aux yeux qui me fixaient, qu'il était convaincu de dire vrai.) Je l'ai vu, je vous le certifie. J'ai vu le Saint-Graal. (Il se redressa, le souffle court, puis baissa à nouveau la tête.) Mais là n'était pas mon secret, messire. C'est maintenant que vous allez apprendre le pire, la façon dont Lancelot a trahi l'affection et la confiance de son roi et ami. Quand vous le saurez, bannissez-moi, faites-moi mettre à mort si bon vous semble, mais n'en parlez à personne, car si vous le faisiez, cela causerait la ruine de votre royaume.

Pendant un instant, il n'en dit pas davantage, et quand il se décida enfin à parler, ce fut à voix si basse qu'on aurait pu croire qu'il ne souhaitait pas que je l'entende.

— Je suis amoureux, messire. Depuis la minute où j'ai posé les yeux sur cette femme, il m'a été pratiquement impossible d'en détourner mes pensées. Elle est mariée à un autre, et cet autre est le meilleur ami que j'aie jamais eu.

Une peur glacée m'étreignit le cœur pendant que j'essayais de ne pas comprendre le sens de ses révélations.

— Elle l'ignore, continua-t-il, et d'ailleurs, elle adore son mari. Je n'ai aucun espoir de la conquérir. Maintenant, vous comprenez, messire, pourquoi je vous ai quitté aussi soudainement, pourquoi je voulais mourir. Mais je me suis retrouvé à Corbenic, vivant et aimé de tous. Et Elaine est belle, aimable et bonne, et elle a tout ce qu'un homme peut souhaiter chez une femme. Je demeurai plusieurs mois à Corbenic, constamment en compagnie d'Elaine. Elle calma mes brûlures avec sa potion de camomille et me guérit. Elle me chanta des chansons, elle me fit retrouver le sourire. Elle m'aima. Elle ne le dit pas, pas sur le moment, mais je m'en rendis bien compte. Je savais aussi que jamais je ne pourrais l'aimer comme elle aurait souhaité l'être, parce que j'en aimais une autre. J'aurais voulu l'aimer, j'aurais voulu oublier, mais j'en fus incapable. Elaine avait une vieille nourrice, une certaine Brissen, qui comprit ce qui se passait. Elle me déclara qu'il était cruel de ma part d'encourager Elaine, que si je ne pouvais pas payer son amour de retour, je devais m'en aller avant de lui briser le cœur. Elle avait raison… et pourtant je restai. Je restai, messire, parce qu'il se produisait un phénomène étrange : jour après jour, Elaine me semblait devenir de plus en plus semblable à Guenièvre… Voilà, j'ai fini par prononcer son nom. C'est fait. C'est dit. Elle riait comme Guenièvre, elle tirait ses cheveux derrière ses oreilles exactement de la même façon. En la regardant, c'était Guenièvre que je voyais, et je me mis à l'aimer.

Incapable d'en entendre davantage, je me levai pour quitter la salle, mais il me saisit le bras et me retint.

— Non, messire, écoutez-moi jusqu'au bout. Entendez le reste, entendez toute l'histoire pendant que j'ai encore le courage de vous la raconter. Une nuit, je me glissai dans la chambre d'Elaine et couchai dans son lit. Et cependant, ce ne fut pas avec elle que je m'unis. Par la pensée, par le cœur, ce fut avec Guenièvre. Le matin, en me réveillant, je trouvai Elaine endormie à côté de moi. À ce moment-là seulement, je compris quel crime j'avais commis et je m'enfuis comme un voleur, en sautant par la fenêtre et en courant droit devant moi. Je ne savais pas où j'allais, et peu m'importait. Je finis même par oublier qui j'étais. Rendu fou par le remords, torturé par la honte, j'errai dans les landes, couchant à la belle étoile, me nourrissant de baies et de champignons. Quand des malandrins m'attaquèrent pour me dérober mes vêtements, je ne me défendis même pas. J'étais heureux de mourir. Je voulais mourir. Mais l'été fit place à l'hiver, les saisons succédèrent aux saisons, les années passèrent, et j'étais toujours vivant. Et puis vint un nouvel été et, de nouveau, je me retrouvai devant un château qu'il me sembla reconnaître. J'étais en train de l'examiner lorsqu'un sanglier furieux surgit d'un fourré et se jeta sur moi. Je n'essayai pas de fuir. Il m'accula contre un arbre et me cribla de coups de boutoir jusqu'à ce que l'une de ses défenses se brise dans ma cuisse et qu'il détale en me laissant arroser le sol de mon sang. Je me traînai jusqu'à un coin d'ombre, où je m'étendis sur l'herbe tendre pour y attendre la mort. C'était, du moins, ce que je croyais, ce que j'espérais. Quand je repris connaissance, j'étais couché dans un grand lit et deux visages se penchaient sur moi, celui d'un petit garçon que je ne connaissais pas et celui d'Elaine.

« – Vous êtes revenu, dit-elle, les yeux débordants d'amour. Je savais que vous reviendriez. (Elle m'embrassa sur le front.) Voici votre fils. Je l'ai appelé Galaad. Il a cinq ans. Vous êtes resté absent si longtemps, Lancelot. Au début, on a prétendu que vous aviez perdu l'esprit et que vous erriez dans les bois. Et puis on vous a considéré comme mort, mais j'ai toujours su que vous étiez vivant. (Elle se tourna vers l'enfant.) Je vous l'ai toujours dit, n'est-ce pas, Galaad ? Je

125

vous ai dit que votre père était un homme bon et loyal et qu'il reviendrait.

« Elaine fut bonne pour moi, messire. Pour la seconde fois, elle me soigna jusqu'à ce que je sois rétabli et veilla à pourvoir à tous mes besoins. Elle me déclara qu'elle m'aimait et me supplia de rester auprès d'elle et de l'épouser. Brissen et le roi Pelles en firent autant, ainsi que tout mon entourage, car j'étais encore très estimé là-bas, j'étais toujours le grand tueur de dragon, le sauveur de Corbenic. Même le petit Galaad me demanda de rester, mais je crois qu'il savait déjà que je repartirais. Je me souviens qu'un jour, au bord de la rivière, alors que nous regardions les martins-pêcheurs filer au ras de l'eau comme des flèches, il me demanda :

« – Père, vous ne nous quitterez plus, n'est-ce pas ? Vous resterez toujours avec nous ?

« Alors je promis. Je ne pouvais pas le décevoir. Et je restai… un certain temps.

« Mais ensuite, mes pensées revinrent vers vous, vers Camelot et vers Guenièvre, toujours Guenièvre. Je l'aimais encore. Je ne pouvais pas demeurer à Corbenic, ni continuer à vivre dans le mensonge. Une nuit, pendant que tout le château dormait, je m'enfuis dans les ténèbres. J'errai dans la forêt et je me perdis. Au bout de quelque temps, j'abandonnai tout espoir de jamais retrouver Camelot. Je découvris une grotte et y vécus en ermite, loin du monde. Et plus le temps passait, plus je réfléchissais, plus je me rendais compte qu'il ne pouvait pas être question pour moi de revenir à Camelot. Mon retour n'engendrerait que chagrin et détresse. Je resterais ermite jusqu'à la fin de mes jours. Et je l'aurais fait si, un beau matin, Bors ne m'avait pas déniché au fond de ma grotte, à moitié mort de faim. Je lui déclarai que je ne pouvais pas, que je ne voulais pas l'accompagner à Camelot, mais il insista, prétendant que le roi l'avait envoyé à ma recherche, qu'il l'avait chargé de me ramener et qu'il me ramènerait, au besoin par la force. Et me voici, messire : la coquille vide du Lancelot que vous avez connu naguère.

En le contemplant, je sentis mes doigts se crisper sur la poignée d'Excalibur. Une jalousie terrible et une fureur aveugle me submergèrent, et je sais que si, à ce moment-là, il n'avait pas levé les yeux vers moi, je lui aurais fracassé le crâne sur-le-champ. Mais mon regard plongea dans ses yeux infiniment tristes, mon cœur s'élança vers lui, et l'écho d'une lointaine nuit à Caerleon s'éveilla dans ma tête. N'avions-nous pas, l'un comme l'autre, faibli à l'instant crucial ? Son crime était-il plus grave que le mien ? À peine. Il aimait Guenièvre. Au fond de mon cœur, je l'avais toujours su. Et comment aurais-je pu l'en blâmer ? Pourquoi n'aimerions-nous pas tous deux la même femme ? Il ne l'avait pas touchée. Il ne l'avait aimée qu'en esprit. S'il m'avait trahi, c'était uniquement par la pensée. Et il me l'avait avoué. Il s'était montré honnête envers moi. Je l'aidai à se lever et le serrai sur mon cœur.

– Lancelot, vous êtes ici chez vous. Il n'y a rien à pardonner, seulement beaucoup de choses à oublier. Tout comme vous, j'ai un enfant que je n'aurais pas dû concevoir : Mordred. Mais, contrairement à vous, jamais, jusqu'à ce jour, je n'avais eu le courage d'en parler à qui que ce soit. En dehors de vous, personne n'est au courant, pas même Guenièvre, et il ne faut pas qu'elle l'apprenne, jamais.

Au-dehors, j'entendis soudain la cloche de la chapelle qui sonnait le glas, des gens qui couraient, des femmes qui se lamentaient. La porte de la salle s'ouvrit, et Bedivere s'y encadra, blême et sans voix :

– Venez vite, messire Arthur, finit-il par bredouiller. Tout de suite. Au bord de la rivière.

– Que se passe-t-il ? demandai-je.

– Je ne peux pas en parler, répondit-il, incapable de retenir ses larmes. Venez, c'est tout.

Je ne posai pas d'autres questions et le suivis, au son du glas, dans les prés marécageux qui nous séparaient de la rivière. Tout le village était là, mais personne ne parlait, personne ne bougeait. Accompagné de Lancelot, je me frayai un chemin à travers la foule. Une barque se dirigeait vers la berge. Un jeune garçon se tenait auprès du mât, et à ses pieds gisait le corps d'une jeune femme entièrement vêtue de blanc, comme une mariée. Elle avait des fleurs dans les cheveux, des violettes et des primeroses et, de la proue à la poupe, toute l'embarcation était tapissée de muguet.

Lancelot s'appuya lourdement sur moi et murmura :

– C'est elle. C'est Elaine.

Lorsque la barque accosta, le garçon descendit sur la berge, le visage tout rouge d'avoir pleuré, et s'approcha de Lancelot. Il tenait une lettre à la main.

– Elle m'a demandé de la conduire jusqu'à vous,

dit-il. Elle avait cru que vous resteriez, mais elle ne vous faisait aucun reproche, Père, et je ne vous en fais pas davantage. Elle voulait seulement que vous la voyiez dans sa robe de mariage.

Lancelot prit connaissance de la lettre et me la tendit. C'était le message le plus triste que j'aie lu de ma vie entière.

Mon bien-aimé,
J'ai voulu que vous soyez le dernier à me voir sur cette terre.
Pardonnez-moi et, si vous m'avez un peu aimée,
soyez une mère et un père pour Galaad.
Enterrez-moi là où je serai près de lui et près de vous.
Pensez de temps en temps à moi, et priez pour moi.
Votre tendre et aimante Elaine.

Lancelot se tourna vers moi.

— Il ne me reste plus de larmes pour pleurer, dit-il.

Et il prit la main de Galaad et s'éloigna avec lui.

Nous enterrâmes Elaine le jour même, près de la chapelle. Les oiseaux eux-mêmes avaient cessé de chanter. Je me tenais d'un côté de la tombe avec Lancelot et ses frères, Lionel et Hector. Guenièvre était de l'autre côté avec les deux enfants, Galaad et Mordred, le fils de Lancelot et le mien, qui la tenaient chacun par une main. En levant les yeux, je vis que Mordred me souriait. Il s'amusait. Ce fut à ce moment-là que je remarquai que Lancelot ne regardait plus le cercueil, dans la fosse. Guenièvre et lui se regardaient fixement, les yeux dans les yeux. Je compris alors qu'elle l'aimait autant qu'il l'aimait, mais je n'en fus pas troublé. Lancelot était un ami loyal, trop loyal pour me trahir. Guenièvre était une épouse fidèle, trop fidèle pour me tromper. Voilà ce que je pensai. Voilà ce que je crus. Elle tourna la tête vers moi et comprit que je savais. Rien n'était dissimulé. Tous trois, nous nous faisions totalement confiance parce que nous nous aimions totalement.

Ainsi donc, les deux enfants grandirent ensemble à Camelot. Mordred, l'aîné, devenait, d'année en année, de plus en plus détestable. Il tourmentait Galaad, le brutalisait. Galaad était toujours doux et paisible, jamais brutal comme le sont souvent les garçons de cet âge. Pas une seule fois il ne riposta. Il se contentait d'ignorer Mordred et de s'en aller, comme j'avais ignoré Kay bien des années auparavant. La nuit, quand je ne dormais pas, il m'arrivait souvent de souhaiter que mon fils fût Galaad, et non Mordred. Mais un père ne choisit pas plus son fils qu'un fils ne choisit son père.

Trois des meilleurs

Je t'ai suffisamment entretenu de moi et de mes soucis, dit le roi Arthur. Je me conduis comme un chien qui a une épine dans la patte. Quand cela arrive à ce brave Bercelet, il se lèche interminablement, ce qui ne le soulage nullement. Mieux vaut ne pas y toucher et laisser le pus s'écouler à son heure, en entraînant l'épine avec lui. Mais il faut dire que mon épine à moi est enfoncée si profondément qu'après tous ces siècles, la douleur est toujours aussi vive.

Bercelet, qui était couché sur le lit à côté du garçon, poussa un gros soupir, s'étira et soupira à nouveau.

— C'est sa façon de me dire que je suis un pleurnicheur, un vieil imbécile larmoyant, et il a raison, évidemment, il a toujours raison. Assez parlé de moi, donc, au moins pour l'instant. (Il montra la Table ronde.) Je vais vous parler d'eux, de mes chevaliers, de mes amis. À une certaine époque, pendant les années fastes de Camelot, nous fûmes jusqu'à cent cinquante autour de cette table. Il y en avait que je connaissais bien, comme Gauvain, comme Lancelot et Bedivere. D'autres ne faisaient que passer. On ne les revoyait plus, mais on entendait parler d'eux. Les échos de leurs aventures parvenaient jusqu'à Camelot. Les trouvères chantaient leurs hauts faits, et leur renommée se répandait comme un feu de paille dans tout le royaume. Des prouesses de ce genre, je pourrais t'en raconter sur chacun d'eux – et elles seraient toutes véridiques –, mais cela nous occuperait jusqu'à la fin des temps, et tu ne peux pas rester ici jusqu'à la fin des temps, n'est-ce pas ? Alors, lesquelles de ces histoires choisir ? Toute la question est là. (Il réfléchit un instant, et son visage s'éclaira brusquement.) Je sais, dit-il. C'est toi qui vas choisir. Sors de ce lit. Allons, debout. (Il claqua des mains.) Grimpe sur la Table ronde, fais-en le tour et choisis tes chevaliers. Tu sélectionnes trois noms, et je te raconte leurs aventures. Qu'est-ce que tu en dis ?

Le roi Arthur tira la couverture de fourrure et aida le garçon à se mettre debout. Celui-ci monta sur la chaise marquée « Perceval » et, de là, se hissa sur la Table ronde.

– Trois, dit Arthur. Seulement trois. Ceux que tu voudras.

Le garçon fit le tour de la table en déchiffrant les noms. Son choix fut vite fait. Il avait déjà entendu mentionner Gauvain et souhaitait en apprendre plus long sur son compte. Comme l'un de ses camarades, à Bryher, s'appelait Tristan, il choisit Tristan. Et parce que Bercelet avait posé sa tête sur le siège de Perceval et regardait fixement le garçon en attendant apparemment qu'il se décide, et que c'était peut-être une suggestion, Perceval fut le troisième.

–Gauvain, Tristan et Perceval, poursuivit Arthur en hochant la tête. Un choix très judicieux. Tous de vaillants chevaliers, et trois des meilleurs. Viens t'asseoir près du feu, je vais te raconter leur histoire. (Il tâta les vêtements mis à sécher.) Il n'y en a plus pour longtemps, ajouta-t-il.

Il s'assit en face du garçon, et Bercelet se coucha entre eux, le museau tout près des braises.

–Il aime avoir la truffe au chaud, hein ? dit le garçon.

Le roi Arthur éclata de rire et poussa le chien du bout de son pied.

–Il a toujours fait cela, dit-il. Bon, alors on commence par Gauvain ?

Gauvain

Je me souviens que, cette année-là, Noël fut particulièrement froid et le Nouvel An encore plus, avec de la neige en abondance et un vent du nord absolument glacial. Mais ni le vent ni la neige ne pouvaient refroidir notre enthousiasme : à Camelot, nous fêtions une fois de plus la Saint-Sylvestre. Tout le monde était réuni pour le réveillon, les chevaliers autour de la Table ronde, chacun à sa place, et ma chère Guenièvre sous un vaste baldaquin, entourée de toutes les dames de la cour. Un grand feu crépitait dans l'âtre, la bière coulait à flots, et mon harpiste jouait comme lui seul savait jouer. À mes pieds, Bercelet attendait le début du festin en se léchant les babines. Quand on apporta la hure de sanglier, une pomme dans le groin, les convives commencèrent à taper sur la table avec impatience car, à Camelot, la coutume voulait que l'on ne commence à manger qu'après avoir écouté le récit d'un nouveau haut fait, de quelque palpitante aventure. J'attendis. Tout le monde attendit. Les chevaliers se regardèrent, mais aucun ne se leva. Rien ne se produisit. Bercelet se lécha les babines.

À ce moment-là, les sabots d'un cheval claquèrent sur les pavés de la cour d'honneur. La porte de la salle s'ouvrit toute grande et, avant que je n'aie eu le temps d'ordonner qu'on la referme, un géant fit son entrée sur un énorme destrier caracolant, piaffant, écumant et hennissant furieusement. Le cavalier parcourut la salle des yeux, des yeux effrayants, haineux, à vous geler le sang dans les veines, des yeux positivement insoutenables. Mais ce qui nous sidéra le plus, ce ne furent pas ses yeux, ce ne fut pas non plus sa taille colossale – et pourtant, crois-moi, jamais je n'avais vu un homme aussi grand –, ce fut sa couleur. Vert, cet homme était vert de la tête aux pieds. Son justaucorps était vert, ce qui n'avait rien d'exceptionnel, sa cape était verte, ce que l'on pouvait à la rigueur considérer également comme assez courant, mais sa chevelure était verte, ainsi que ses mains. Je te jure que ses cheveux, qui étaient aussi longs que le sont aujourd'hui les miens, étaient verts. Son cheval était vert, sa selle était verte. Il ne portait pas d'armure, mais tenait d'une main une hache verte et de l'autre une branche de houx arrachée à quelque buisson : un symbole de paix, mais celui qui l'apportait ne me parut pas spécialement pacifique.

Il lança la branche de houx par terre avant de prendre la parole :

– Lequel d'entre vous est le chef de cette cohue disparate ? Je ne parlerai à personne d'autre.

Il me fallut un moment pour retrouver l'usage de ma voix.

– Soyez le bienvenu, étranger, dis-je. Venez donc vous joindre à nous.

– Je ne suis pas venu ici pour gaspiller mon temps en ripailles. Si je veux manger, je suis aussi bien chez moi. Là n'est pas mon propos. Vous êtes le roi Arthur ?

– Je le suis.

– Eh bien, roi Arthur, déclara-t-il d'une voix aussi sarcastique que tonitruante, on m'a rebattu les oreilles avec votre prétendue bravoure, à vous et à vos chevaliers. Tout le monde ne parle pratiquement plus que de cela. Si j'ai fait tout ce chemin, depuis ma lointaine demeure du Nord, c'est pour savoir jusqu'où va cette fameuse bravoure. Or, en regardant autour de moi, tout ce que je vois, c'est une bande de blancs-becs. Vous êtes sûr que je ne me suis pas trompé d'adresse ?

Cette insinuation déclencha des protestations indignées.

– Il se peut que vous sachiez aboyer, continua-t-il, mais je doute fort qu'un seul d'entre vous soit suffisamment courageux pour relever mon défi. On verra bien. (Il brandit sa hache avec les deux mains.) Vous voyez cette hache ? Eh bien, je suis prêt à m'en laisser frapper immédiatement, une seule fois, à condition de pouvoir rendre la pareille dans un an et un jour : un seul coup. Donnant, donnant. Qu'est-ce que vous en dites ? C'est suffisamment simple pour vos cervelles d'oiseau ?

Je regardai l'assemblée. Personne ne bougea, personne ne dit mot.

– Bon, il semble que j'aie fait erreur, dit-il en riant.

J'ai dit que j'étais entouré de blancs-becs, alors que je ne vois que des poules mouillées.

Mon sang ne fit qu'un tour. J'étais incapable d'en supporter davantage.

– Vous l'aurez cherché, m'écriai-je. Je m'en charge, et avec plaisir. Descendez de votre cheval.

En fait, j'étais moins brave que je n'en avais l'air. Après tout, un homme sans tête ne pourrait pas me faire grand mal, non ? Mais, soudain, Gauvain fut debout à mes côtés.

– Non, messire, dit-il. Laissez-moi faire. Je vais m'occuper de lui. Je lui rabattrai son caquet à votre place, et définitivement. Il y a trop longtemps que je me repose sur mes lauriers. Il est temps que je fasse la preuve que je suis encore digne de m'asseoir à cette table.

– Très bien, Gauvain, répondis-je assez soulagé. Mais prenez garde : l'aspect des choses est parfois trompeur.

Le Chevalier vert éclata de rire et sauta à bas de son cheval.

– Ainsi donc, Arthur, vous avez quand même un homme parmi tous ces blancs-becs, railla-t-il.

– Assez ! cria Gauvain en marchant vers lui à grands pas. (À côté du Chevalier vert, il paraissait tout petit, mais il n'était nullement intimidé.) Cette affaire ne concerne plus que vous et moi. Je fais le serment, sur mon honneur de chevalier, de ne vous frapper qu'une seule fois, comme vous l'avez spécifié et, dans un an, vous pourrez m'en faire autant… si vous en avez encore la possibilité, ce dont je doute.

– Nous verrons, répondit le Chevalier vert et il tendit sa hache à Gauvain. Vous savez par quel bout ça se tient, au moins ?

– À genoux, espèce de gros poireau monté en graines ! s'exclama Gauvain en empoignant fermement la hache.

Le Chevalier vert s'agenouilla et écarta ses longs cheveux pour dégager son cou. Gauvain parut hésiter.

– Allez-y, Gauvain, qu'est-ce que vous attendez ? Serait-ce la vue du sang qui vous fait peur ? Frappez, mon ami, frappez !

Gauvain ne lanterna pas davantage et trancha au ras des épaules la tête du Chevalier vert. Elle roula sur le sol sans perdre de sang, ni vert ni rouge, pas une seule goutte, mais Gauvain eut à peine le temps de s'en étonner, car le décapité bondit aussitôt sur ses pieds, ramassa sa tête, la cala sous son bras et enfourcha son cheval. Ce fut la tête coupée qui prit la parole.

– Vous avez un an et un jour, Gauvain. Je suis le Chevalier vert de la Chapelle verte, dans la forêt de Wirral. Vous me trouverez sans trop de peine. Si vous ne venez pas, le monde entier saura que le sieur Gauvain est un poltron, et tous les chevaliers de la cour du roi Arthur avec lui.

Sur ces mots, il piqua des deux et disparut au grand galop dans la neige, laissant derrière lui une assistance muette et éberluée. Il fallut un bon moment, croyez-moi, avant que l'un d'entre nous songeât à festoyer.

Les saisons défilèrent à leur rythme habituel, lent pour les jeunes, terriblement rapide pour les vieux. Pour le pauvre Gauvain, pourtant jeune de corps et d'esprit, l'année s'écoula en un clin d'œil. À la Saint-Michel suivante, je réunis ma cour à Caerleon, et un grand banquet célébra le départ de Gauvain. Lancelot y assistait, ainsi que Bors, Gareth et Gaheris, les frères de Gauvain, Bedivere et tous les autres. L'archevêque était venu en personne le bénir. Dans un silence religieux, Gauvain revêtit sa belle armure damasquinée d'or. Nous nous étreignîmes sans un mot, puis il me tourna le dos, enfourcha Gringolet, son destrier noir, et partit. Bien peu d'entre nous pensaient le revoir un jour.

Ce qui se passa ensuite, nous l'apprîmes plus tard de la bouche même de Gauvain, et s'il lui arrivait d'être impétueux, il n'avait jamais eu tendance à l'exagération ni à la fabulation. Ce jour-là, en nous quittant, il avait le cœur lourd. Il franchit les collines éventées des Galles du Nord et redescendit dans les forêts qui s'étendent au-delà. Il faisait un froid glacial. Ces forêts étaient un repaire de bandits, des brutes qui s'embusquaient n'importe où, prêtes à agresser le malheureux voyageur venant à passer par là. Certains de ces bandits reconnurent l'étoile de Logres qui ornait le bouclier de Gauvain et, connaissant sa réputation, le laissèrent poursuivre sa route. D'autres, non. À plusieurs reprises, Gauvain dut les combattre. Il coucha souvent à la belle étoile, et bien des jours s'écoulèrent sans rien à se mettre sous la dent, ni pour lui ni pour son cheval, si bien qu'ils étaient tous deux fort affaiblis lorsqu'ils atteignirent enfin la forêt de Wirral.

Gauvain demandait à tous les gens qu'il croisait où se trouvait la Chapelle verte, mais comme, apparemment, personne n'en avait jamais entendu parler, il commençait à désespérer de la trouver avant la date fixée. Il continua inlassablement à s'enfoncer dans la forêt, de plus en plus profondément, en pataugeant dans les marécages et la boue jusqu'à la veille de Noël, quand, après avoir traversé un torrent à gué, il déboucha en terrain découvert et aperçut un magnifique château. Le pont-levis qui enjambait les douves étant abaissé, il le franchit et frappa au portail.

Un portier lui ouvrit en souriant aimablement et l'invita à entrer. Tandis que Gringolet partait se faire bouchonner avant d'être conduit dans une écurie chaude et sèche où l'attendaient toute l'herbe tendre et toute l'eau pure qu'il pouvait désirer, Gauvain fut introduit dans la salle d'honneur pour y rencontrer son hôte, le seigneur du château. Aussitôt que Gauvain posa les yeux sur lui, il comprit qu'il n'aurait pas pu mieux tomber, car tout, chez cet homme, depuis ses yeux francs jusqu'à son sourire avenant, exprimait la courtoisie et la bonté. Gauvain lui dit aussitôt qui il était et d'où il venait.

– Qui que vous soyez, dit le seigneur du château en lui serrant la main, vous avez besoin de repos, et vous trouverez ici tout ce qu'il vous faudra. Tout ce que je possède vous appartient aussi longtemps que vous le désirerez.

Gauvain n'en croyait pas sa chance.

Les trois journées suivantes furent consacrées aux festivités de Noël. De plusieurs lieues à la ronde, des voisins affluèrent au château pour faire la connaissance de Gauvain, qui fut traité royalement. La châtelaine, l'épouse de son hôte, veillait à tous ses besoins… et c'était la plus jolie femme qu'il eût rencontrée. Jamais il n'avait passé un Noël aussi agréable mais, de temps en temps, une ombre voilait son regard, lorsqu'il songeait au redoutable rendez-vous avec le Chevalier vert, qui l'attendait quelques jours plus tard. Plus il était heureux, moins il avait envie de mourir.

— Vous êtes triste, Gauvain, lui dit la châtelaine un soir où la conversation s'était prolongée assez tard.

— Après toutes les bontés que vous avez eues pour moi, madame, je n'ai pas le droit d'être triste, répondit Gauvain qui avait fait de son mieux pour chasser ses idées noires et dissimuler à ses hôtes son anxiété croissante. Mais je crains de devoir vous quitter demain pour reprendre ma route. J'ai promis d'être à la Chapelle verte pour le Nouvel An et, pour l'instant, je ne sais même pas où elle se trouve. Je ne peux pas manquer ce rendez-vous, c'est impossible.

— Et vous ne le manquerez pas, dit le seigneur du château en riant, parce que la Chapelle verte dont vous parlez n'est qu'à deux heures d'ici avec un bon cheval et que Gringolet est un magnifique destrier. Par conséquent, pourquoi ne pas rester ici trois jours de plus, jusqu'au matin du Nouvel An ? Je vous ferai accompagner par un guide, pour plus de sûreté. Qu'est-ce que vous en dites ?

– J'en dis, répondit Gauvain grandement soulagé, que cela ferait de moi le plus heureux des hommes. Vous avez été si bon pour moi, si gentil. Je ne vous encombrerai pas, je vous le promets. Je ferai ce que vous voudrez, tout ce que vous voudrez.

– Eh bien, dit le seigneur du château, j'irai chasser tous les matins. Je suppose qu'après votre long voyage, vous êtes las de contempler la nuque d'un cheval. Alors, pourquoi ne pas faire la grasse matinée et vous reposer ? Ma femme s'occupera de vous.

– Ce programme me paraît absolument parfait, répondit Gauvain, mais il trouva que la châtelaine lui souriait d'un air un peu trop complice.

– Maintenant, dit son hôte, puisque nous sommes encore en période de réjouissances, si nous jouions à un petit jeu ? Faisons un pacte, tous les deux.

– Pourquoi pas ? dit Gauvain.

– Supposons que je m'engage à vous donner tout ce que je rapporterai de la chasse, continua le seigneur du château. Et que, de votre côté, vous vous engagiez, en échange, à me remettre tout ce que vous aurez pu obtenir ici, dans le château. D'accord ?

– Marché conclu, dit Gauvain en riant. Tout ce que j'obtiendrai sera pour vous, j'en fais le serment… mais j'ai beau chercher, je ne vois vraiment pas de quoi il pourrait s'agir.

Le lendemain matin, Gauvain dormit donc pendant que le seigneur du château partait chasser. Et pendant qu'il sommeillait, la porte de sa chambre pivota sans bruit sur ses gonds. En ouvrant les yeux, Gauvain trouva la châtelaine assise sur son lit, un grand sourire sur les lèvres et les yeux énamourés. Il ne sut que faire ni que dire... la dame ayant visiblement en tête d'autres projets qu'une simple conversation. Parler était pourtant tout ce que Gauvain se permettrait. Après tout, c'était l'épouse de son hôte charmant, de son excellent ami. Mais comme il était tenté ! Cette femme était merveilleusement belle, si belle qu'il devait se forcer pour en détourner les yeux, puisqu'il fallait lui résister. L'ennui, c'était qu'il n'avait nulle envie de lui résister, bien qu'il sût que c'était son devoir.

– Vous me décevez, Gauvain, minauda-t-elle. Vous parlez, vous parlez... mais vous ne me demandez pas de vous embrasser.

– Du moment que c'est vous qui me le proposez, madame, dit Gauvain, comment pourrais-je refuser ?

Et la dame se pencha, prit le visage de Gauvain entre ses mains et l'embrassa doucement.

Après son départ, Gauvain se leva, se lava et s'habilla sans cesser un seul instant de penser à ce baiser. Toute la journée, il flâna dans le château en devisant agréablement avec la châtelaine. Elle lui fit oublier tous ses soucis, même son rendez-vous avec le Chevalier vert à la Chapelle verte.

Au crépuscule, le seigneur du château revint de la chasse tout crotté. Il entra dans la salle d'un pas martial et jeta un chevreuil aux pieds de Gauvain.

– Il est à vous, dit-il. Comme convenu. Et vous, qu'avez-vous à me donner ?

—Ceci, répondit Gauvain en prenant le visage de son hôte entre ses mains et en l'embrassant. C'est tout, je vous en donne ma parole.

—Je vous crois, dit le seigneur du château en riant, mais j'aimerais savoir comment vous vous êtes procuré ce baiser.

—Pas question, riposta Gauvain embarrassé. Ce n'était pas prévu dans notre accord.

Et on n'en parla plus. Ce soir-là, ils firent tous les trois bombance de chapons et d'hydromel, et bavardèrent gaiement jusqu'à une heure avancée.

Au matin, Gauvain fut réveillé par des aboiements et des sonneries de cor de chasse et, de son lit, il vit le seigneur du château s'éloigner à cheval. Comme il l'avait prévu, et comme il l'espérait, la châtelaine ne fut pas longue à venir dans sa chambre. Elle s'assit sur son lit, un peu plus près que la veille, lui caressa les cheveux et lui parla à nouveau d'amour. Gauvain affecta de son mieux d'en rire, mais ce ne fut pas facile, et quand elle lui offrit deux baisers, il trouva tout simple de les accepter. Ce furent des baisers plus tendres et plus longs que ceux de la veille, des baisers qu'il n'aurait pas pu oublier même s'il l'avait souhaité… et il ne le souhaitait pas.

Ce soir-là, le seigneur du château revint de la chasse en portant un sanglier sur son dos.

—Tenez, dit-il. Une journée fructueuse, non ? Et pour vous ?

—Seulement cela, répondit Gauvain.

Et il gratifia le seigneur du château de deux baisers.

J'imagine que ceux-ci furent probablement moins longs et moins tendres que ceux qu'il avait reçus le matin, mais il n'en avait pas moins honoré sa part du marché. Le souper se prolongea de nouveau tard dans la nuit, et la châtelaine ne cessa d'essayer de le séduire en lui décochant des œillades langoureuses… alors que son mari était assis à la même table ! Gauvain tenta de détourner les yeux, mais constata qu'il n'en avait nulle envie.

Cette nuit-là, Gauvain dormit à peine. Obsédé par la pensée du Chevalier vert, il n'arrêtait pas de se tourner et de se retourner. Ce fut seulement à l'aube qu'il sombra dans un sommeil agité. Lorsqu'il s'éveilla, la châtelaine le contemplait. Elle n'avait jamais été aussi jolie, mais ses yeux étaient pleins de larmes.

— Pourquoi me repoussez-vous ? sanglota-t-elle. Je ne vous plais pas ? Vous me trouvez trop laide ? Vous en aimez une autre, c'est cela ? Quelqu'un vous attend là-bas, à Camelot ?

— Non, madame, répondit Gauvain en lui prenant les mains. Il n'y a personne d'autre. Ce n'est pas cela. Seulement, vous avez un mari, un homme loyal, un noble chevalier. Il m'a traité en ami. Ce serait mal de vous aimer. Vous croyez que je n'en ai pas aussi envie que vous ? En tant qu'homme, je le désire, mais en tant que chevalier, je ne dois pas, je ne peux pas. Vous ne pouvez pas le comprendre ?

— Même pour une fois, une seule fois ? insista la dame en lui caressant les cheveux et en suivant du bout de son doigt le contour de ses lèvres. Personne n'en saurait rien. Je n'en parlerais à personne, vous n'en parleriez à personne. Quel mal y aurait-il à cela ? Je vous en prie, mon doux Gauvain, soyez gentil avec moi.

Mais Gauvain ne voulut rien savoir. Il serra les dents et se détourna.

– Vous devriez vous retirer, madame, dit-il d'un ton glacial.

La châtelaine baissa la tête et pleura.

– Que cela vous plaise ou non, Gauvain, dit-elle, vous ne pouvez pas m'empêcher de vous aimer. Je vous garderai toujours dans mon cœur. Jamais je ne vous oublierai, jamais.

– Moi non plus, je ne vous oublierai pas, madame, dit Gauvain, et il était sincère.

– Accéderez-vous au moins à une requête ? implora-t-elle. Ne serait-ce que pour vous souvenir de moi de temps en temps, accepterez-vous ceci ? (Elle lui tendit la ceinture quelle portait autour de la taille, un ruban vert entrelacé de fils d'or.) Portez-la toujours sur vous, Gauvain, et je vous promets qu'il ne vous arrivera jamais aucun mal, car elle recèle une magie très puissante. Portez-la et vous serez en sûreté, portez-la et pensez à moi. Je sais qu'une faveur est une preuve d'amour et qu'un chevalier ne peut arborer que celle de sa dame, mais personne n'a besoin de voir cette ceinture et, un jour, elle peut vous sauver la vie. Faites-le pour moi, c'est tout ce que je vous demande. Mais promettez-moi que, quoi que vous décidiez, vous n'en parlerez jamais à mon mari.

Gauvain n'avait pas besoin de recommandation à ce

sujet. Il n'avait nullement l'intention d'en parler au mari, ni de rendre la ceinture. Le lendemain, il lui faudrait affronter le Chevalier vert, et cette ceinture allait peut-être lui sauver la vie. Maintenant, il lui resterait au moins une petite chance d'être épargné ; il pouvait espérer avoir plus d'une journée à vivre.

– Cher, merveilleux Gauvain, murmura-t-elle.

Et elle l'embrassa à trois reprises, si passionnément, cette fois, qu'elle le laissa tout pantois et le cœur battant à grands coups.

Au coucher du soleil, Gauvain se tenait dans la grande salle lorsque le seigneur du château rentra de la chasse, balançant un renard par la queue. Gauvain marcha droit sur lui, le prit par les épaules et l'embrassa bruyamment par trois fois.

– Trois ! s'écria le seigneur du château en s'essuyant les joues. Et tout ce que j'ai à vous offrir en échange, c'est ce renard pelé. Tenez, j'espère qu'il vous portera chance.

Ce soir-là, Gauvain, en dépit de tous ses efforts, fut incapable de savourer le réveillon du Nouvel An. Il y avait du vin, il y avait de la musique, on dansait, mais il sentait, cachée autour de sa taille, la ceinture magique de la châtelaine. Il n'avait pas respecté le pacte conclu avec le seigneur du château et, plus grave encore, il savait que c'était par couardise qu'il avait trahi son serment. Le lendemain, la ceinture lui sauverait peut-être la vie, mais elle ne sauverait pas son honneur. Toute la nuit, les remords le harcelèrent, mais il ne put se résoudre à rendre la ceinture et à renoncer à son unique espoir de survie.

Le jour du Nouvel An, Gauvain fut sur pied de bonne heure. Il attacha la ceinture autour de sa taille, mit ses vêtements les plus chauds et revêtit sa belle armure damasquinée. Dans la cour d'honneur, il étreignit une dernière fois son hôte sans parvenir à le regarder en face. Il chercha des yeux la châtelaine, mais celle-ci n'étant pas visible, il enfourcha Gringolet et prit congé. On abaissa le pont-levis, et Gauvain, accompagné d'un écuyer chargé de le guider, s'éloigna dans le froid mordant de janvier.

Pendant près de deux heures, les deux cavaliers cheminèrent le long d'un torrent sinueux, bouillonnant, au fond d'une vallée embrumée. Soudain, l'écuyer arrêta son cheval et tendit le bras.

– Là-bas, chuchota-t-il. La Chapelle verte est située derrière ces arbres, vous ne pouvez pas la manquer. Je sais que cela ne me regarde pas, sieur Gauvain, mais si j'étais vous, je n'irais pas plus loin. Son occupant, le Chevalier vert, défie quiconque s'en approche et, croyez-moi, il est toujours vainqueur. Beaucoup s'y sont risqués, mais aucun n'a vécu assez longtemps pour voir le soleil se lever à nouveau. Écoutez ! On entend déjà les corbeaux se rassembler. Faites demi-tour, Gauvain, avant qu'il ne soit trop tard. Je ne dirai rien, je vous le promets.

– Ce qui doit être fait doit être fait, répondit Gauvain. Je suis un chevalier de la cour du roi Arthur. Il nous arrive d'avoir peur, mais nous ne reculons jamais, nous ne fuyons pas.

– Alors, faites comme bon vous semble, dit l'écuyer

et il s'en alla en laissant Gauvain seul au milieu des écharpes de brume.

Gringolet piaffa, impatient de continuer.

— Ne sois pas si pressé, lui dit Gauvain à haute voix. Espérons que la châtelaine a dit vrai, au sujet de cette ceinture magique. Sinon…

Et, en parlant, il entendit quelque part, devant lui, une sorte de grincement, de crissement. Il tendit l'oreille. Comme il le craignait, c'était bien le bruit du métal sur la pierre. Le Chevalier vert affûtait sa hache. Gauvain ne put s'empêcher de frissonner.

— Ce qui doit être fait doit être fait, soupira-t-il et il toucha de ses éperons les flancs de Gringolet pour le faire repartir.

Il passa sous des arbres qui s'égouttaient, traversa un ruisseau et atteignit un monticule herbeux. Au pied de cette butte s'élevait une petite chapelle dont le toit et les murs étaient aussi verts que l'herbe environnante. Quelque part, à l'intérieur du monticule, Gauvain entendait toujours le frottement de la meule mordant le métal. Il serra les dents, et un frisson de peur lui parcourut le dos. Il songea à s'enfuir au triple galop et, sans la ceinture verte, il l'aurait certainement fait. Au lieu de cela, il mit pied à terre.

— Il y a quelqu'un ? cria-t-il. Je suis le sieur Gauvain, de la cour du roi Arthur, et je suis venu comme je l'avais promis. Sortez de là !

— Quand je serai prêt, répondit une voix. Quand ma hache sera suffisamment acérée. Je n'en ai pas pour longtemps.

Et l'affreux grincement continua. Gauvain attendit que le Chevalier vert se décide enfin à apparaître, tâtant du pouce le fil de sa hache. Il était tout aussi colossal et tout aussi effrayant que Gauvain se le rappelait.

– Ça fera l'affaire, dit-il et ses cruels yeux gris-vert scrutèrent impitoyablement Gauvain. Soyez le bienvenu, Gauvain.

– Ne perdons pas de temps en formules de politesse, dit Gauvain qui avait maintenant hâte d'en finir, car il sentait son courage fondre comme neige au soleil.

– Comme il vous plaira, répondit le Chevalier vert. Bon, ôtez votre casque. Ce ne sera pas long.

Gauvain retira son heaume, s'agenouilla dans l'herbe mouillée et baissa la tête. Il ferma les yeux et attendit, mais rien ne se produisit.

– Eh bien, allez-y. (Il avait la gorge si serrée qu'il ne pouvait que murmurer.) Frappez, je ne bougerai pas.

Le Chevalier vert fit tournoyer son énorme hache au-dessus de sa tête, tellement vite qu'elle émit un sifflement. Gauvain ne put s'empêcher de tressaillir.

– Qu'est-ce qui vous arrive, Gauvain ? railla le Chevalier vert en s'appuyant nonchalamment sur sa hache. Vous n'avez pas peur, quand même ? Je croyais que les chevaliers de la cour du roi Arthur étaient censés n'avoir peur de rien, et j'avais entendu dire que le sieur Gauvain était le plus brave de tous. Alors, comme ça, le célèbre sieur Gauvain a peur d'un petit sifflement ?

– Finissez-en, bon sang, s'écria Gauvain. D'accord, j'ai tressailli, mais cela ne se reproduira pas.

– On verra, ricana le Chevalier vert.

De nouveau, il leva sa hache. Cette fois, il l'abattit, mais il arrêta sa course à un cheveu de la nuque de Gauvain. Gauvain sentit le vent du fer sur sa peau, mais pas un seul de ses muscles ne frémit.

– Bravo, Gauvain, dit le Chevalier vert. Ce coup-là, c'était seulement pour voir jusqu'où allait votre courage, mais cette fois, j'irai jusqu'au bout. Préparez-vous.

– Vous ne savez rien faire d'autre que parler ? (Maintenant, Gauvain était encore plus furieux qu'effrayé.) Frappez, mon vieux, frappez ! À moins que cela ne vous gêne un peu de tuer un homme sans défense, c'est ça ?

Pour la troisième fois, le Chevalier vert leva sa hache. Cette fois, le fer descendit suffisamment bas pour entailler légèrement la peau du cou. Gauvain sentit la douleur et le sang chaud qui coulait. Il bondit aussitôt sur ses pieds, recula d'un pas et dégaina son épée.

– C'est fini, cria-t-il, vous avez eu votre chance ! Un coup, un seul, c'est ce qui était convenu. Maintenant, j'ai le droit de me défendre et, par Dieu, c'est ce que je vais faire !

Mais, curieusement, le Chevalier vert se contenta de sourire et laissa tomber sa hache.

– Non, Gauvain, dit-il d'une voix douce, une voix toute différente que Gauvain eut l'impression d'avoir déjà entendue quelque part. Non, nous ne nous battrons pas, parce que nous sommes amis, vous et moi. Vous ne me reconnaissez pas ?

Et, aussitôt, la couleur verte qui le recouvrait s'éva-

153

nouit, son aspect se modifia, et il devint le seigneur du château. Gauvain fut médusé.

– Si j'avais voulu, Gauvain, j'aurais facilement pu vous couper la tête comme vous avez coupé la mienne il y a un an.

– Je n'y comprends rien, dit Gauvain en abaissant son épée.

– Ça viendra, dit le seigneur du château. Ça viendra. Si, par deux fois, j'ai retenu ma hache sans effusion de sang, c'est parce que, au château, vous avez tenu votre promesse par deux fois, la première quand ma femme vous a donné un baiser, la seconde quand elle vous en a donné deux. Je vois que vous vous en souvenez parfaitement. Mais la troisième fois, Gauvain, vous m'avez déçu. Effectivement, j'ai bien reçu les trois baisers qu'elle vous avait donnés, mais elle vous avait également fait un autre cadeau, n'est-ce pas ? Elle vous avait remis une faveur, un gage d'amour à porter sur vous, une ceinture magique qui, d'après elle, avait le pouvoir de vous sauver la vie. Vous ne m'avez pas donné cette ceinture. Vous n'en avez pas soufflé mot. Et c'est pour cela que je vous ai blessé… pas trop profondément, j'espère. Voyez-vous, ma femme me racontait tout. J'étais au courant de chaque mot, de chaque regard que vous échangiez. Si vous aviez faibli une seule fois et déshonoré votre titre de chevalier, alors, croyez-moi, votre tête serait maintenant là, à mes pieds, et l'herbe serait baignée de votre sang.

– J'en suis malade de honte, dit Gauvain en retirant la ceinture verte et en la lui tendant.

— Il n'y a pas de quoi, Gauvain. La ceinture était peu de chose, une peccadille. Personne n'est parfait, mais vous, mon ami, êtes l'homme le plus proche de la perfection que j'aie jamais rencontré et, d'ailleurs, que je ne rencontrerai jamais. Gardez la ceinture. Grâce à elle, vous vous souviendrez toujours de nous et de ce qui s'est passé ici... mais ce n'est qu'une ceinture tout à fait ordinaire, sans le moindre pouvoir magique.

— Après ce que j'ai fait, je ne mérite pas une telle bonté, dit Gauvain. Je me suis mal conduit envers vous. J'ai manqué à ma parole, j'ai déshonoré mon titre de chevalier.

— Ridicule, dit le seigneur du château en le prenant amicalement par les épaules. Vous souhaitiez seulement vivre. Quel est l'homme qui, face à la mort, ne souhaite pas vivre, dites-moi ? Venez, Gauvain, j'ai assez vu cet endroit, c'est humide et lugubre. Retournons au château et faisons encore un peu la fête. Je suis content que cette affaire soit terminée : je ne peux plus voir le vert. Nous allons faire rôtir ce sanglier.

— J'avoue que c'est tentant, dit Gauvain. Et, comme vous ne le savez que trop bien, j'ai toujours eu beaucoup de mal à résister à la tentation. Mais, cette fois, j'y résisterai. Il vaut mieux que je retourne à Camelot. Si je ne suis pas rentré bientôt, on va me croire mort... comme je devrais logiquement l'être. Cependant, avant de partir, j'aimerais que vous m'expliquiez comment vous vous y êtes pris pour verdir de la sorte. Comment avez-vous pu partir avec votre tête sous le bras ? Et comment, quand je l'ai tranchée, cette tête a-t-elle fait pour ne pas perdre une seule goutte de sang ?

— Vous méritez de tout savoir et vous saurez tout, dit le seigneur du château. Mon histoire est fort étrange, mais elle n'en est pas moins véridique. Je suis le sire de Bernlack, chevalier du Lac. C'est dame Nemue, la Dame du Lac, qui m'a envoyé à Camelot pour mettre à l'épreuve le courage du roi Arthur et de ses chevaliers, afin de savoir si toutes les louanges que nous avions entendues à leur égard étaient fondées. Je lui dirai que l'un des chevaliers au moins est aussi noble, aussi courageux et aussi galant qu'on le raconte.

Les deux amis s'étreignirent, se bénirent mutuellement et se quittèrent.

Quelques semaines plus tard, Gauvain fut de retour à Camelot. Quel festin nous fîmes ! Après nous avoir raconté son aventure, il nous montra la cicatrice qui ornait sa nuque et, à titre d'ultime preuve, il me remit la ceinture verte entrelacée de fils d'or. C'était superflu car, connaissant Gauvain comme nous le connaissions tous, aucun des convives assis autour de la Table ronde n'avait douté un seul instant de la véracité de son récit.

Tristan et Iseut

De tous les visiteurs qui défilaient au château de Camelot, aucun n'était mieux accueilli que les ménestrels qui sillonnaient le pays en racontant des histoires. Certains d'entre eux, blanchis sous le harnais, ressassaient de vieilles légendes que tout le monde connaissait et adorait, mais qu'ils narraient différemment, chacun à sa manière. Ils parlaient aussi bien de monstres vivant dans les marécages du Nord et de redoutables géants irlandais que de Jésus marchant sur les eaux et rendant la vue aux aveugles, et nous chantions tous en chœur au son de la harpe en revivant inlassablement les anciennes épopées. Mais, maintenant, les récits concernaient de plus en plus souvent des chevaliers de la Table ronde et relataient nos propres exploits, nos propres aventures. Camelot était rapidement en train de devenir une légende, et cela de notre vivant. C'était fréquemment par ces ménestrels, ou ces bardes, ou ces trouvères, appelle-les comme tu voudras, que nous apprenions le sort d'un de nos chevaliers disparu depuis longtemps, dont nous étions sans nouvelles.

Je me souviens qu'un jour, on nous raconta ainsi une aventure de Gareth, le frère de Gauvain. C'était un récit dramatique et palpitant de la mort de Gareth, exterminé par un hideux dragon cracheur de feu. Gareth, qui était assis à côté de moi, garda le silence jusqu'à ce que le ménestrel ait terminé, puis il se leva et dit :

– Dans l'ensemble, tout cela est exact, mon ami, quoiqu'un peu exubérant par endroits et exagéré à d'autres, mais je dois néanmoins vous signaler un détail : c'est le dragon qui est mort, pas moi. Étant donné que je suis Gareth, je pense être bien placé pour le savoir.

Toute l'assistance éclata de rire et, finalement, le pauvre ménestrel fut obligé d'en rire avec nous. Leurs récits n'étaient donc parfois que des contes mais, comme la plupart des contes, ils recelaient toujours un fond de vérité. Le talent du ménestrel résidait dans la façon de les raconter, de les accompagner à la harpe et de les chanter. On ajoutait foi aux meilleurs et, en matière de contes, c'est la foi qui fait tout.

Un soir, assez tard, nous reçûmes la visite d'un jeune homme aux yeux tristes. Comme il portait une harpe sous le bras, nous en déduisîmes qu'il s'agissait d'un ménestrel. Il hésita sur le seuil.

– Entrez, entrez ! lui criai-je.

– J'ai une chanson à chanter, dit-il, et une histoire à raconter, mais j'ai tellement faim que je ne tiens plus debout.

– Alors, commencez par vous restaurer, vous nous

relaterez votre histoire après, lui dit Gauvain. Nous ne sommes pas pressés.

En fait, nous le regardâmes manger avec impatience, car nous avions tous hâte d'entendre son histoire, ce jeune homme ayant un aspect sérieux et honnête qui inspirait confiance : on croirait chaque mot de ce qu'il dirait, et son récit serait sûrement intéressant. Nous ne nous doutions pas, à ce moment-là, à quel point il serait intéressant.

– Vous connaissez l'histoire de Tristan et Iseut ? demanda-t-il enfin.

– Nous connaissons Tristan, répondit Lancelot. Tout le monde a entendu parler de Tristan, un preux chevalier, même s'il n'appartient pas à la cour du roi Arthur.

– Mais vous ignorez la blonde Iseut, dit le ménestrel en regardant les visages qui l'entouraient. Alors, je vais vous parler d'elle.

« Aussi loin qu'on s'en souvienne, l'Irlande et la Cornouailles ont toujours été en guerre. Le roi Marc, que vous connaissez tous de réputation, j'en suis sûr, fit tout son possible pour conclure un traité de paix avec les Irlandais, mais ceux-ci ne voulurent pas en entendre parler. Ils traversèrent la mer et attaquèrent la Cornouailles comme ils l'avaient fait bien des fois dans le passé, brûlant, pillant et saccageant tout. Le seul allié sur lequel Marc pouvait compter pour l'aider était son cousin, le roi Rivalin. Lui seul disposait de suffisamment de navires et de soldats pour chasser les Irlandais. Rivalin ne portait pas les Irlandais dans son cœur, car ils avaient tué son père. Aussi ne fut-il pas difficile à convaincre. Lorsque les Irlandais débarquèrent, Rivalin et ses hommes les attendaient, embusqués sur le rivage. Ils surgirent des bruyères, les encerclèrent et les massacrèrent. Pour remercier Rivalin d'avoir sauvé la Cornouailles, le roi Marc lui donna sa sœur en mariage, et le couple fut aussi heureux qu'il est possible de l'être. Un an plus tard, elle lui donna un fils, mais elle mourut en le mettant au monde. Le roi Rivalin eut tellement de chagrin qu'il prit l'enfant en haine. Il l'appela Tristan, ce qui signifie tristesse, et l'envoya au loin, afin qu'il fût élevé hors de sa vue.

Tristan fut éduqué dans l'esprit de la chevalerie, principalement grâce à Gorneval, un jeune chevalier qui devint pour lui une sorte de frère aîné. En grandissant, Tristan s'interrogea souvent sur sa mère, dont il ne connaissait que la tombe, et il s'interrogea également sur son père, qu'il n'était jamais autorisé à voir. Il se sentait orphelin et solitaire, et il avait hâte de rencontrer le seul parent qu'il se connût, son oncle, le roi Marc de Cornouailles.

Il partit donc pour la Cornouailles en compagnie de Gorneval. Après un long voyage, il arriva un soir à Tintagel, le château du roi Marc, construit en nid d'aigle sur une falaise de Cornouailles. Et là, dans la salle du trône, Tristan vit pour la première fois le roi Marc, et ils devinrent presque immédiatement si intimes qu'ils se considéraient dorénavant comme père et fils.

Tristan, Gorneval et leurs amis restèrent plusieurs

années à Tintagel, et le roi Marc apprit à Tristan tout ce qu'il savait, tout ce que Gorneval ne lui avait pas encore enseigné. Personne ne pouvait surpasser Tristan à l'épée ou à la lance, personne ne luttait mieux que lui et, indiscutablement, personne ne connaissait mieux les chevaux et ne pouvait galoper plus vite que lui. Et, il faut le mentionner, toutes les dames de la cour lui faisaient les yeux doux. Aussi, pour un temps, la vie fut-elle bonne et agréable pour Tristan.

Pourtant, une ombre planait sur le royaume granitique du roi Marc. Les Irlandais ne voulaient pas le laisser en paix. Périodiquement, ils traversaient à nouveau la mer sur leurs vaisseaux de guerre, et le roi Marc était incapable de se défendre contre leurs incursions en l'absence de son ancien allié. Rivalin étant toujours si anéanti par sa douleur qu'il ne sortait plus de son château, et encore moins de son pays, le roi Marc se retrouvait donc seul. Contraint par les Irlandais de signer une convention inique, il devait, pour ne pas être envahi, leur verser chaque année des tributs considérables en or, en blé et en bestiaux. Le pays étant maintenant si pauvre qu'il ne pouvait plus payer, le roi imaginait chaque année quelque nouvelle échappatoire, mais les Irlandais commençaient à s'impatienter.

Un jour, Tristan se trouvait dans la salle du trône lorsque l'émissaire irlandais se présenta. Négligeant les formules de courtoisie habituelles, celui-ci se planta devant le roi Marc, les poings sur les hanches, le menton relevé avec arrogance, et déclara qu'il était las des mauvaises excuses.

– Voici les conditions que ma reine a la générosité de vous proposer, dit-il avec hauteur. Ou bien vous réglez la totalité de vos dettes, soit en or, soit, si, comme vous le prétendez, vous n'avez pas d'or, en esclaves. Ma reine exige un sur deux de tous les enfants qui naîtront en Cornouailles à dater de ce jour. Mais vous avez une autre solution. Voyez comme ma reine est généreuse : elle vous autorise à choisir un champion pour défendre votre royaume contre notre propre champion. Si notre champion est vaincu – ce qui ne se produira pas –, toutes vos dettes seront annulées. Si votre champion est vaincu – ce qui se produira certainement –, alors la Cornouailles deviendra une petite province de l'Irlande jusqu'à la fin des temps. À vous de choisir. Ou vous payez en esclaves, ou vous désignez un champion. C'est à prendre ou à laisser. Si vous refusez, une armée vous attaquera et rasera la Cornouailles de fond en comble, n'en laissant que des rochers noircis et des cadavres calcinés. Alors ?

– Qui est votre champion ? demanda le roi Marc après un instant de silence.

– Moi, répondit l'émissaire. Je m'appelle Marhault. Je suis le fils de la reine d'Irlande.

Tous les chevaliers présents blêmirent, car tous savaient que l'homme qui se tenait devant eux était le chevalier le plus cruel et le plus sanguinaire de la terre entière. Le roi Marc soupira.

– Le meurtre ou l'esclavage : meurtre par le feu, meurtre par votre épée, ou servitude pour notre peuple. Quel beau choix vous m'offrez là ! Vous savez que je n'ai pour ainsi dire pas d'armée, ni aucun champion capable de vous tenir tête. Vous aurez donc vos esclaves. Je préfère voir la moitié de mes sujets vivre sous le joug que de les voir tous mourir.

En entendant cela, Tristan bondit.

— Jamais ! s'écria-t-il. Je le combattrai. Je serai votre champion.

Mais ce fut seulement en se dressant face à Marhault que Tristan réalisa à quoi il venait de s'engager. Cet homme était un véritable Goliath, solide comme un tronc d'arbre, avec des bras gros comme des cuisses.

— Qui est donc ce petit coq de combat cornouaillais ? s'enquit Marhault en riant.

— Je m'appelle Tristan et je vous tuerai, Irlandais, répondit-il d'une voix qu'il ne put empêcher de trembler.

Le roi Marc fit de son mieux pour dissuader Tristan, car il n'était encore qu'un adolescent, mais celui-ci était allé trop loin pour pouvoir reculer.

— Nous nous battrons dans une semaine à dater de ce jour, décréta Marhault, sur le mont Saint-Michel, dans la baie de Marazion. Venez à l'aube, et venez seul. À ce moment-là, tous les navires de guerre irlandais seront arrivés. Dès que je vous aurai mis en charpie et donné à manger aux poissons, ils accosteront et prendront possession de la Cornouailles au nom de l'Irlande.

— Dieu choisira entre nous, répondit calmement Tristan.

Ainsi donc, ils se retrouvèrent à l'aube sur le mont Saint-Michel, Marhault descendant de la flotte irlandaise ancrée dans la baie, et Tristan traversant à pied, tout seul, le sable découvert par la marée. Le roi Marc et les chevaliers cornouaillais restèrent sur le rivage, où ils grimpèrent au sommet des dunes pour observer le combat.

Dès le premier engagement, Tristan comprit que sa seule et unique chance de survie était de se déplacer sans arrêt pour épuiser le champion irlandais. Il esquiva, il feinta, il se déroba, il recula et, chaque fois, Marhault le suivit en faisant décrire de redoutables moulinets à son énorme hache.

— Arrêtez de sautiller et battez-vous, poltron ! rugit Marhault.

— Je me battrai quand je serai prêt, répondit Tristan, et il sauta par-dessus un rocher.

Lorsque Marhault parvenait à l'approcher, les coups pleuvaient comme grêle sur le bouclier de Tristan, mais sans jamais le transpercer. Jetant au loin sa hache de guerre, Marhault empoigna alors à deux mains sa grande épée. À ce moment-là, Tristan glissa sur une plaque d'algues visqueuses et tomba. Marhault en profita pour introduire son épée sous le bouclier de Tristan, qu'il cloua au sol en lui traversant la cuisse. Le hurlement de douleur de Tristan sema la panique chez les mouettes de l'îlot, qui s'envolèrent toutes ensemble. Il sentit la lame labourer sa chair en se retirant, il vit son sang se répandre sur le sable, à côté de lui. Alors il abandonna toute prudence et se rua sur Marhault comme un forcené, tout en sachant fort bien ce qu'il faisait. Cherchant le coup mortel, il visa aussitôt la tête. Une force nouvelle et terrible l'animait, née

164

d'une telle douleur et d'une telle colère que son épée transperça le casque de Marhault et le crâne qui était dessous. Elle s'enfonça si profondément qu'il eut du mal à la retirer, si profondément qu'un fragment de la lame resta fiché dans la tête de Marhault, qui laissa tomber son arme et recula en titubant, la tête entre les mains, souffrant mille morts. Puis il fit demi-tour et s'enfuit. Voyant ce qui se passait, les Irlandais descendirent de leurs vaisseaux, firent monter Marhault dans une barque et l'emportèrent.

Entre-temps, les chevaliers cornouaillais, qui étaient arrivés du rivage en courant, trouvèrent Tristan gisant à demi immergé et rougissant la mer de son sang. Ils étanchèrent de leur mieux sa plaie béante et le ramenèrent à Tintagel, où le roi Marc fit venir les meilleurs médecins qu'il put trouver. Tristan n'en resta pas moins entre la vie et la mort pendant des semaines avant que sa blessure ne commence à cicatriser.

Marhault était encore en vie lorsqu'il arriva à Dublin, mais tout juste. La fille de la reine, la princesse Iseut, fit l'impossible pour sauver son frère, mais en dépit de toutes ses herbes, de toutes ses potions et de tous ses talents, il déclina et mourut. Pleurant à chaudes larmes, elle extirpa le fragment de métal planté dans le cerveau de son frère et l'enferma dans une cassette en argent. Ce soir-là, lorsqu'on enterra Marhault, Iseut jura sur sa tombe que, si jamais elle découvrait l'épée à laquelle manquait un morceau correspondant à l'éclat qu'elle avait extrait de son frère, elle se vengerait de son meurtrier.

Pendant ce temps, à Tintagel, le roi avait réuni tous ses chevaliers. Tristan était assis à sa droite.

– J'ai longuement et sérieusement réfléchi, dit le roi. Nous ne pouvons pas continuer éternellement à guerroyer ainsi contre les Irlandais, sinon cet antagonisme n'aura jamais de fin. Ce coup-ci, nous avons eu la chance que Tristan soit là pour nous sauver, mais ils reviendront. Ils reviennent toujours et, la prochaine fois, leurs cœurs seront pleins de haine. Je ne vois qu'une seule façon d'en finir avec ce conflit : c'est de leur tendre la main de la réconciliation. C'est ce que le Seigneur Jésus aurait souhaité que nous fassions. « Aimez vos ennemis », disait-Il. C'est donc ce que je vais faire. Je vais demander la main de la fille de la reine d'Irlande, la princesse Iseut. Ainsi, nos deux royaumes pourront enfin vivre en paix l'un avec l'autre. J'ai prié mon neveu bien-aimé, Tristan, de se rendre au plus tôt en Irlande et d'en ramener la princesse Iseut afin qu'elle devienne reine de Cornouailles, et il a accepté.

On prépara aussitôt un navire, et Tristan, Gorneval et leurs amis s'armèrent jusqu'aux dents, sachant pertinemment qu'aucun Cornouaillais ne serait le bienvenu sur le sol irlandais. Peut-être seraient-ils obligés de se rembarquer l'arme au poing. Aussi partirent-ils préparés au pire et prêts à tout, parfaitement conscients que la reine d'Irlande risquait de les faire mettre à mort d'emblée, sans même laisser à Tristan le temps de lui exposer le motif de leur visite. Moins d'une semaine plus tard, le navire quitta Tintagel en direction de l'ouest et du soleil couchant, et beaucoup de ceux qui regardaient partir les chevaliers pensaient ne jamais les revoir.

Ils étaient au milieu de la mer d'Irlande lorsqu'une terrible tempête éclata. Pendant des jours et des nuits, la mer déchaînée les malmena furieusement, mais le navire, quoique fort éprouvé, ne coula pas. Voiles en lambeaux, mâts abattus, faisant eau de partout, ils finirent par arriver en vue d'une côte. D'énormes vagues fracassèrent le vaisseau sur des récifs mais, Dieu sait comment, tous ses occupants parvinrent à en sortir vivants. Les paysans irlandais qui avaient assisté au naufrage accoururent aussitôt sur la grève, peut-être pour saluer les naufragés, peut-être pour leur trancher la gorge. Dans le doute, Tristan et ses amis dégainèrent leurs épées et s'apprêtèrent à vendre chèrement leur vie. Voyant cela, les paysans leur montrèrent le ciel, derrière eux. Tel un brouillard diabolique, un voile de fumée noire descendait sur eux du haut des falaises.

– Qu'est-ce qui se passe ? demanda Tristan.

– L'homme-dragon, cria l'un des paysans et tous commencèrent à battre en retraite. C'est l'homme-dragon. Fuyez, sauvez-vous. Il brûle tout ce qu'il rencontre. Personne ne peut lutter contre lui, absolument personne.

– Comment est-il fait ? questionna Tristan.

– Il est à moitié géant, à moitié dragon, répondit un autre paysan. Un géant à tête de dragon, avec des yeux qui vous brûlent rien qu'en vous regardant et une haleine flamboyante dont l'odeur putride est un poison mortel. C'est le démon incarné. La reine a promis d'accorder la main de sa fille, Iseut, à celui qui le tuera. Beaucoup ont essayé, mais tous ont péri par le feu de l'homme-dragon.

Et les paysans s'enfuirent sur la grève et se cachèrent dans les rochers.

Tristan se tourna vers Gorneval.

— Il semblerait que le hasard nous ait favorisés, dit-il. Je vais combattre cet homme-dragon. (Gorneval essaya de le retenir, mais Tristan se libéra.) Non, je dois y aller. Je vais tuer cet homme-dragon et prouver ainsi à la reine d'Irlande que nous venons dans un but pacifique. Quand je les aurai débarrassés de l'homme-dragon, les Irlandais ne pourront plus nous haïr, même si nous sommes des Cornouaillais.

Gorneval et ses amis voulurent l'accompagner, mais il le leur interdit et partit seul, en se protégeant le visage contre la fumée âcre. Partout, il découvrit les traces de terribles ravages, de grandes plaques noires au milieu des ajoncs dorés, des dépouilles à demi dévorées d'hommes et d'animaux pourrissant à l'abandon. Il continua à progresser, plus prudemment et, soudain, il aperçut un cheval emballé qui galopait vers lui, suivi de plusieurs cavaliers. Il parvint à saisir ses rênes et s'y cramponna, mais avant qu'il ait pu maîtriser l'animal, les cavaliers étaient déjà passés, les yeux écarquillés de terreur. Tristan parvint à calmer le cheval en lui parlant doucement à l'oreille, puis il l'enfourcha et continua ainsi son chemin jusqu'à un escarpement rocheux. De là, son regard plongea dans une vallée dévastée, et

il vit l'homme-dragon. Assis par terre, le dos appuyé contre une haute tour, celui-ci dégustait un cadavre en lui arrachant les membres l'un après l'autre. Tristan comprit qu'assister plus longtemps à ce répugnant spectacle ne ferait que saper son courage, et même ses forces. Aussi cala-t-il sa lance sous son bras et fonça-t-il droit devant lui au triple galop. Mais plus l'homme-dragon se rapprochait, plus il paraissait grand. Lorsqu'il se dressa sur ses jambes, sa tête arriva à mi-hauteur de la tour. Il rit et jeta le bras qu'il était en train de dévorer. Tristan leva son bouclier et lança son cri de guerre. L'homme-dragon, qui avait cinq fois sa taille, se contenta de tendre la main et de lui arracher sa lance, et il l'aurait également arraché de sa selle si Tristan ne s'y était pas cramponné avec ses genoux et ne l'avait pas dépassé au galop pour contourner la tour à la recherche de la porte. Or, il n'y avait pas de porte, seulement une fenêtre, et celle-ci s'ouvrait beaucoup plus haut que sa tête. Il grimpa sur le dos de son cheval, leva les bras, agrippa l'appui de la fenêtre, fit un rétablissement et se hissa dans l'ouverture. Une fois à l'intérieur de la tour, il monta quatre à quatre l'escalier en colimaçon et atteignit une deuxième fenêtre, située exactement à la hauteur voulue pour ce qu'il se proposait de faire. Il passa sa tête par l'ouverture. Comme il l'avait escompté, l'homme-dragon l'aperçut et vint le chercher. La tête et le cou du géant étaient maintenant tout proches. Tristan sortit son épée hors de la tour et, de toutes ses forces, l'enfonça jusqu'à la garde dans la gorge de l'homme-dragon. Pendant un instant, l'homme-dragon regarda Tristan avec stupeur, puis son râle d'agonie expulsa son dernier souffle empoisonné, qui envahit la tour. Tristan, suffoqué, redescendit l'escalier en titubant. Il retrouva son cheval, qui l'attendait sagement sous la fenêtre, et se laissa glisser sur son dos en haletant à la recherche d'air pur.

L'homme-dragon gisait au pied de la tour, mort, les yeux révulsés et la bouche grande ouverte. Tristan, tout étourdi, mit pied à terre et retira son épée de la gorge de l'homme-dragon, dont il trancha la langue fourchue en guise de preuve de ce qu'il avait accompli. Le poison se répandait rapidement dans tout son organisme. Avec ses dernières forces, il se hissa sur son cheval, qui partit brouter en emportant Tristan évanoui sur la selle.

Peu après, l'écuyer de la reine – c'était l'un des cavaliers aperçus plus tôt par Tristan – se hasarda prudemment dans les parages, où il découvrit l'homme-dragon mort au pied de la tour. Depuis des années, cet écuyer était amoureux de la princesse Iseut qui, depuis des années, repoussait ses avances. Une occasion s'offrait enfin de parvenir à ses fins, et il la saisit. Sortant son épée, il cisailla le cou de l'homme-dragon jusqu'à ce que la tête se détache du tronc. Maintenant, il tenait la preuve que c'était lui, et lui seul, qui avait tué l'homme-dragon. Il attacha la tête coupée au garrot de son cheval et galopa à bride abattue jusqu'au château de la reine, à Dublin. Il y fut reçu en sauveur de l'Irlande tout entière, bien que certains eussent du mal à le croire car ils le connaissaient comme un menteur et un fourbe. Mais la preuve matérielle était sous leurs yeux, et elle était irréfutable. Du moment qu'il apportait la tête de l'homme-dragon, c'est que l'homme-dragon était mort et que c'était l'écuyer qui l'avait tué. Il se présenta devant la reine, jeta à ses pieds la tête de l'homme-dragon et réclama la main d'Iseut comme récompense.

Iseut, qui avait assisté à la scène depuis une galerie surélevée, courut se réfugier dans sa chambre et s'y enferma à double tour. Lorsque sa nourrice vint la chercher pour qu'elle descende dans la salle du trône se fiancer à l'écuyer, elle prétendit être souffrante, car elle avait toujours méprisé cet homme et le détestait. Et, d'ailleurs, elle se refusait à croire qu'il ait eu le courage de tuer l'homme-dragon. Cette histoire cachait une supercherie quelconque, et il lui fallait du temps pour découvrir laquelle.

Cette nuit-là, elle se faufila hors du château avec sa nourrice et gagna les collines pour essayer de tirer cette affaire au clair. Un peu avant l'aube, elles tombèrent sur un cheval solitaire qui broutait dans les ajoncs. Un homme était affalé sur la selle comme s'il dormait. Lorsqu'elles s'approchèrent de lui, elles constatèrent qu'il avait la peau noircie et les cheveux roussis.

À demi inconscient, Tristan leva la tête.

— J'ai tué l'homme-dragon, regardez, bredouilla-t-il en fouillant sous sa tunique et en montrant la langue fourchue.

Et Iseut, marchant à côté du cheval et maintenant Tristan sur sa selle, regagna le château au moment où

172

la première lueur grise de l'aurore envahissait les collines. Les deux femmes firent discrètement monter Tristan dans la chambre d'Iseut, où elles le nettoyèrent. Après quoi Iseut lui fit avaler une potion curative à base de camomille et de romarin pour débarrasser son sang du poison qu'il charriait. Lorsqu'il se sentit un peu plus fort, Iseut alla chercher sa mère, la reine, afin de le lui présenter.

Tristan était maintenant assis dans le lit et se rétablissait à vue d'œil.

— Qui êtes-vous ? lui demanda la reine.

Tristan était trop fatigué pour mentir. D'ailleurs, il pensait n'avoir pas grand-chose à redouter en disant la vérité ou, tout au moins, la plus grande partie de la vérité. Aussi leur raconta-t-il comment le roi Marc l'avait envoyé demander à la princesse Iseut de devenir sa reine, afin que l'Irlande et la Cornouailles puissent désormais vivre éternellement en paix, comme l'aurait souhaité le Seigneur Jésus, comment son navire avait fait naufrage, et comment il avait combattu et tué l'homme-dragon. La seule chose que Tristan dissimula fut son nom.

La reine sourit d'un air entendu.

— J'ai toujours pensé que ce ne pouvait pas être l'écuyer qui avait tué l'homme-dragon, dit-elle. Vous aurez votre paix, Cornouaillais. Et nous autres Irlandais aurons aussi notre paix. Le roi Marc aura également Iseut pour épouse, mais seulement si elle le désire.

— Je le désire, dit Iseut. Je ne connais pas le roi Marc, mais si notre mariage doit amener la paix, je l'épouserai.

La reine les quitta et redescendit dans la salle du trône, où l'écuyer attendait toujours d'être fiancé à Iseut. Il n'arrêtait pas de se glorifier de son courage et relatait inlassablement son prétendu combat contre l'homme-dragon. La reine l'écouta un moment, puis elle envoya chercher Tristan, qui descendit dans la salle en compagnie d'Iseut.

— Écuyer, déclara la reine, vous êtes un menteur et un fourbe. Vous voyez cet homme ? C'est lui qui a tué l'homme-dragon, pas vous.

L'écuyer affecta d'en rire. Il montra la tête de l'homme-dragon, qui était maintenant accrochée au mur, au-dessus de la cheminée.

— Et cela ? s'écria-t-il. Où croyez-vous que je l'aie trouvé ? C'est moi qui ai tué l'homme-dragon, vous dis-je. Moi et moi seul.

— Très bien, dit la reine. Jetez donc un coup d'œil dans la bouche de l'homme-dragon. Allez-y, ouvrez-la, elle ne vous mordra pas.

Et quand l'écuyer leva la main et ouvrit la bouche, il vit que la langue manquait. Tristan brandit alors la langue fourchue, afin que tout le monde puisse la voir.

— La langue de l'homme-dragon, dit calmement Tristan. Je la lui ai coupée après l'avoir tué.

À ces mots, l'écuyer se jeta sur Tristan et le gifla à toute volée en l'accusant d'être un menteur et un poltron et en lui en demandant raison sur l'heure. Tristan accepta volontiers. La date de l'épreuve de force fut fixée par la reine : elle aurait lieu trois jours plus tard, dit-elle, pour donner à Tristan le temps d'éliminer le poison de l'homme-dragon.

Tristan paressa longuement au lit et fit de son mieux pour recouvrer ses forces, mais la princesse Iseut se tracassait à son sujet, car elle se rendait compte qu'il n'était pas encore en état de combattre. Un après-midi où Tristan était allé monter à cheval, elle remarqua que son armure, qui traînait dans un coin de la chambre, était cabossée et rouillée, et elle entreprit de la nettoyer. Le baudrier, tout éraflé, était brûlé, et seule l'épée paraissait en bon état. Pour s'en assurer, Iseut la retira de son fourreau, et elle constata que la lame était ébréchée. Le cœur lui manqua, car elle comprit aussitôt ce que cela signifiait. Elle se précipita sur la cassette en argent dans laquelle elle conservait le fragment de métal qu'elle avait extrait du crâne de son frère après sa mort. Comme elle le craignait, la pièce s'adaptait parfaitement. Triste, furieuse et bouleversée, Iseut alla aussitôt trouver la reine. Ce soir-là, lorsque Tristan revint de sa promenade, les deux femmes l'attendaient dans sa chambre.

– Qui êtes-vous ? s'enquit sèchement la reine. Et, cette fois, soyez franc avec nous, sinon vous ne reverrez jamais la Cornouailles. Êtes-vous l'homme qui a tué mon fils ? Êtes-vous celui qu'on appelle Tristan ? Cette épée est-elle la vôtre ?

Iseut montra le fragment ébréché.

– Je l'ai extrait du crâne de mon frère, dit-elle. Il s'adapte parfaitement à votre épée.

Tristan comprit alors qu'il était inutile de nier.

– Je suis Tristan, reconnut-il.

Iseut, ivre de vengeance, voulait qu'il soit mis à mort

sur-le-champ, mais la reine secoua négativement la tête.

– Pourquoi ? demanda-t-elle. Pour que vous puissiez épouser l'écuyer ? Pour que cet individu devienne roi d'Irlande ? C'est cela que vous désirez ? Non, je ne le pense pas. Si Tristan, faible comme il l'est, est capable de le vaincre, alors vous pourrez épouser le roi Marc et nous aurons tout de même la paix. C'est la meilleure solution. D'autant plus que nous savons que le combat entre Marhault et Tristan fut loyal. Tous ceux qui y assistaient l'ont affirmé.

– Mais c'était mon frère ! s'exclama Iseut. C'était votre fils !

Elle jeta l'épée loin d'elle et s'enfuit de la pièce. Tristan la suivit et la trouva pleurant dans le jardin. Il s'assit à côté d'elle et resta un bon moment silencieux.

– Dites-moi seulement ce qu'il faut que je fasse, Iseut, dit-il finalement. Dois-je gagner et vous conduire au roi Marc ? Ou me faire tuer et vous laisser à l'écuyer ? Dites-le-moi.

Elle se tourna vers lui, les yeux soudain pleins de tendresse.

– Gagnez, murmura-t-elle.

Le combat eut lieu sur la rive de la Liffey, devant des milliers de spectateurs. Gorneval et tous les amis cornouaillais de Tristan étaient également présents, et chacun savait que si Tristan était vaincu, pas un seul d'entre eux n'en réchapperait. L'écuyer, qui avait beaucoup bu pour se donner du courage, se jeta sur Tristan en décochant de grands coups d'épée à tort et à travers, et Tristan les esquiva adroitement, à maintes et maintes reprises, jusqu'au moment où l'écuyer s'immobilisa, les jambes écartées, pantelant comme un chien et comprenant qu'il était perdu. Tristan attendit qu'il charge une dernière fois pour le frapper au passage avec une telle précision que la tête de l'écuyer se détacha du corps, roula jusqu'à la Liffey et tomba dans l'eau, où son dernier souffle remonta en bulles à la surface.

Tristan conquit ainsi la princesse Iseut pour le roi Marc et s'embarqua avec elle pour la Cornouailles, sur un vaisseau offert par la reine et conduit par Gorneval et ses amis.

Ce soir-là, la princesse resta longtemps sur le pont à regarder le rivage s'estomper, jusqu'à ce qu'elle ne puisse plus distinguer ce qui était des nuages et ce qui était l'Irlande. Tristan l'observait de loin. Quand elle descendit rejoindre sa vieille nourrice, il ne la suivit pas. Il comprenait la tristesse qu'elle ressentait à quitter son pays, ainsi que la rancune et la haine qu'elle éprouvait toujours à son endroit parce qu'il avait tué son frère. Pendant les premiers jours de mer, il ne s'approcha pas d'elle. Son plus cher désir aurait été de faire la paix avec elle, de la consoler, mais chaque fois qu'elle l'apercevait sur le pont, elle détournait aussitôt les yeux, et quand il tentait malgré tout de lui adresser la parole, elle ne lui répondait même pas. Jour après jour, elle se montrait de plus en plus distante avec lui. Il finit par aller trouver Gorneval.

— Pourquoi me traite-t-elle comme un pestiféré ? lui demanda-t-il. Est-ce que je n'ai pas débarrassé son pays de l'homme-dragon ? Est-ce que je ne lui ai pas évité d'épouser l'écuyer ? Et pourtant, elle me hait.

— Il n'y a pas plus aveugle que celui qui ne veut pas voir, lui répondit Gorneval. Si vous ne le savez pas, tout le monde, sur le bateau, est au courant : elle est amoureuse de vous, imbécile.

— Mais c'est impossible ! rétorqua Tristan. Elle va épouser le roi. Elle ne peut pas être amoureuse de moi, elle ne doit pas l'être.

— C'est bien pour cela qu'elle ne vous regarde pas, dit Gorneval. C'est pour cela qu'elle refuse de vous parler. Vous comprenez, maintenant ?

En entendant ces mots, Tristan sentit son cœur s'éveiller lentement. Il songea au doux visage d'Iseut et comprit alors qu'il l'aimait aussi. Et dorénavant, chaque fois qu'il la vit, il le comprit à nouveau. Elle n'en continua pas moins à l'éviter, mais maintenant, il en connaissait la raison. Elle se refusait à le séduire, parce que le séduire aurait été le détruire à tout jamais.

La dernière nuit de mer, Tristan ne put trouver le sommeil tant il pensait à Iseut. Des heures durant, il arpenta fébrilement le pont. Il était accoudé à la poupe du navire, les yeux fixés sur le sillage qui s'évasait à l'infini, lorsqu'il sentit que quelqu'un s'approchait et, en se retournant, il reconnut Iseut. Elle ne l'avait pas encore vu. Il ne bougea pas, espérant qu'elle ne remarquerait pas sa présence. Elle se dirigea résolument vers le bastingage et s'y appuya un instant, la tête penchée vers la mer, puis elle prit une profonde inspiration et commença à enjamber la rambarde. Lorsque Tristan comprit ce qu'elle faisait, il courut à elle et l'empoigna pour l'empêcher de sauter.

– Lâchez-moi ! s'écria-t-elle. C'est la seule solution. Vous ne le comprenez donc pas ? Il n'y a pas d'autre solution.

Elle tenta de se libérer, mais il la prit dans ses bras et la descendit dans sa cabine, pleurant à chaudes larmes. Ils se taisaient, car chacun savait ce qu'éprouvait l'autre. Tous deux désiraient ardemment cette unique nuit d'amour, et tous deux savaient que c'était le seul moment d'intimité qu'ils auraient jamais à passer ensemble. Ils pensaient que personne n'en saurait rien, ni la vieille nourrice ni Gorneval, mais ils avaient oublié la vigie qui les avait vus descendre. Avant que le jour ne se lève, ils firent le serment de ne plus jamais en parler, de ne plus jamais s'aimer. Pour assurer et maintenir la paix que tous deux souhaitaient, Iseut deviendrait la reine du roi Marc et Tristan resterait loyal et fidèle à son oncle. Voilà ce qu'ils se promirent mutuellement avec une totale sincérité.

Le lendemain, le navire accosta à Tintagel. Le roi Marc l'attendait au port pour accueillir sa ravissante fiancée. Tristan remonta avec eux jusqu'au château, au milieu du flamboiement des ajoncs en fleur inondés de soleil, mais pour Iseut et pour lui le monde était gris et triste. Tristan s'excusa et n'assista pas à la cérémonie du mariage ni, à la surprise générale, aux fêtes qui suivirent. Après cela, durant quelque temps, il parut souvent être ailleurs. Et, à Tintagel, on commença à s'étonner que chaque fois qu'il sortait à cheval du château, il semblait que la jeune reine Iseut disparaissait aussitôt et restait introuvable. On chuchota, on jasa, et les marins parlèrent d'une nuit d'amour sur le bateau qui les avait ramenés d'Irlande.

Tout le monde a des ennemis, même un homme qui a sauvé son pays. Ceux de Tristan, jaloux et aigris, se mirent à cancaner, et la rumeur s'enfla jusqu'à parvenir aux oreilles du roi Marc. Celui-ci commença par se dire que cela ne pouvait pas être vrai, que jamais Tristan et Iseut ne feraient une chose pareille, et puis le doute et le soupçon s'immiscèrent en lui, et la pensée de ces deux êtres dans les bras l'un de l'autre finit par envahir son esprit comme une tumeur. Il fallait qu'il sache à quoi s'en tenir, dans un sens ou dans l'autre. Un jour, le roi Marc suivit donc Iseut hors du château, à bonne distance. Pendant un moment, elle chevaucha dans la campagne, puis elle abandonna son cheval au bout d'un étroit sentier et se fraya un chemin parmi les hautes fougères, en s'arrêtant de temps à autre pour regarder autour d'elle. Le roi Marc lui emboîta le pas en tapinois, et il surprit Tristan et Iseut enlacés sur un lit de fougères. Fou de jalousie et de fureur, il bondit et tira son épée. Il aurait tué Tristan sur place si Iseut ne s'était pas interposée et s'il n'avait pas été incapable de porter la main sur elle.

— Ne le tuez pas, s'écria-t-elle, et je vous promets de ne jamais le revoir. J'en fais le serment.

Et elle le supplia à genoux d'épargner la vie de Tristan. Marc l'aimait encore et ne pouvait rien lui refuser. Il abaissa son arme et se tourna vers Tristan.

– Jusqu'à maintenant, Tristan, je vous ai aimé comme un fils, dit-il. À cause de cet amour et de ce que vous avez fait pour la Cornouailles, j'épargnerai votre vie. Mais, à dater de ce jour, je ne veux plus vous voir. Vous êtes banni à vie de ma vue et de toutes mes terres. Si vous remettez le pied en Cornouailles, vous serez abattu comme un chien et mis en charpie. Si je vous capture vivant, je vous ferai brûler vif. »

Et il prit sa femme par la main et l'emmena. Ce fut la dernière fois que Tristan vit Iseut.

Le ménestrel posa sa harpe, et je lui tendis de quoi s'humecter le gosier.

– Voilà une bien triste histoire, lui dis-je, et vous l'avez si bien racontée qu'on croirait presque que vous y avez assisté.

Le jeune homme me sourit tristement.

– Vous avez deviné, messire Arthur, dit-il. Je suis Tristan. Il y a dix ans, si ce n'est plus, que j'erre comme une âme en peine, et partout où je suis allé, j'ai entendu parler de Camelot et d'Arthur, suzerain de Bretagne, qui cherche à apporter à ce pays la paix et une nouvelle raison d'espérer. Je suis venu y contribuer, me joindre à vous si vous voulez bien m'accepter.

Ce fut ainsi que Tristan resta et devint un chevalier de la Table ronde. Mais il fut toujours différent des autres, car il ne participa jamais à nos agapes ni à nos réjouissances. C'était un penseur, un philosophe. Il demeurait sur son quant-à-soi, et quand il partait en mission – ce qui lui arrivait souvent –, c'était toujours seul.

Je ne peux pas évoquer Tristan sans penser aux chevaux. Il savait s'y prendre avec eux mieux qu'aucun homme que j'aie jamais connu. Il était capable de calmer le plus fougueux des étalons emballés et de l'apaiser en lui soufflant simplement dans les naseaux. Il parlait aux chevaux tout bas, à l'oreille, et ils l'écoutaient et lui obéissaient. Personne n'a jamais monté mieux que Tristan. Il se servait à peine des rênes et ne portait pas d'éperons : il n'en avait pas besoin. La monture et le cavalier étaient en parfaite harmonie, et c'était un régal de les observer. Mais, comme beaucoup de nos chevaliers, il partit un beau jour en mission et ne revint pas.

Ce fut par son meilleur ami, Gorneval, que nous apprîmes ce qui lui était arrivé. Il semble que Tristan, au cours de l'une de ses aventures, se soit trouvé une épouse… laquelle, curieusement, s'appelait également Iseut. Elle était la fille de Javolin d'Arundel. Il fit de son mieux pour l'aimer et pour oublier la première Iseut, son grand amour, mais il n'y parvint pas et sa femme ne tarda pas à s'en rendre compte. Elle en conçut une terrible jalousie, qui la rongea sans lui laisser aucun répit.

Un jour où Tristan chevauchait en compagnie de Gorneval, un lièvre surgit à l'improviste sous les pas de son cheval, et tous ses talents équestres ne purent le sauver. Le cheval prit peur, fit un écart et tomba en roulant sur Tristan, dont il broya les jambes sous son poids. Gorneval le ramena chez lui, auprès de son épouse qui le soigna de son mieux. Malheureusement, ses os se ressoudèrent mal et une hémorragie interne mina ses forces. Il fit appeler Gorneval à son chevet.

– Je vais mourir, murmura-t-il. Je le sais, tout comme vous le saurez quand votre tour viendra. Je ne désire plus qu'une seule chose : revoir une dernière fois ma chère Iseut. Partez, retournez à Tintagel et ramenez-la-moi, si elle accepte de vous suivre.

Gorneval se dirigea aussitôt vers la porte, car il se rendait compte qu'il n'y avait pas de temps à perdre, mais Tristan le rappela :

– Une dernière chose. Je serai dans cette chambre, guettant votre navire par cette fenêtre. Si elle est avec vous, faites hisser des voiles blanches. Si elle n'y est pas, alors hissez des voiles noires. Ainsi, je saurai tout de suite à quoi m'en tenir, pour le meilleur ou pour le pire.

Gorneval se rendit donc en Cornouailles, alla trouver Iseut et lui apprit que Tristan était à l'article de la mort. Elle le suivit en secret, sans rien dire au roi Marc et en emportant toutes les herbes et toutes les potions susceptibles de sauver la vie de Tristan, à condition d'arriver à temps. Mais, pendant le voyage de retour, le bateau resta encalminé durant des semaines. Tristan, qui guettait son arrivée du haut de son château, commença à s'inquiéter. N'ayant plus la force de se traîner jusqu'à la fenêtre, il demandait continuellement à son épouse si elle voyait un navire entrer dans la baie. Bien entendu, elle devina – comme n'importe quelle femme l'aurait fait à sa place – que ce n'était pas seulement un navire que son mari attendait. Elle interrogea le valet de Gorneval, lui délia la langue avec de l'or et des bijoux, et apprit que Tristan avait envoyé chercher Iseut en Cornouailles. Ses soupçons se transformaient en certitude.

Un matin, alors que les martinets striaient le ciel devant sa fenêtre en poussant des cris stridents, Tristan interrogea une fois de plus son épouse :

– Le vaisseau de Gorneval ? Il n'est pas là ? Vous ne le voyez pas ?

Elle regarda la mer et, cette fois, elle aperçut effectivement le bateau de Gorneval.

– Si, je le vois, répondit-elle.

– Ses voiles sont-elles blanches ou noires ? demanda Tristan dont le visage portait déjà tous les stigmates de la mort. Dites-moi seulement qu'elles sont blanches, et je mourrai heureux.

Elle regarda l'agonisant et sourit du bout des lèvres.

– Elles sont noires, répondit-elle. Noires comme du charbon.

À ces mots, Tristan tourna son visage vers le mur et cessa de respirer. Voyant ce qu'elle avait fait, elle essaya de le ranimer.

– Blanches ! cria-t-elle. Les voiles sont blanches ! Cette femme est là. Votre grand amour est venu vous retrouver !

Mais c'était trop tard.

Lorsque Iseut accosta, Gorneval la conduisit aussitôt à la chambre de Tristan, où elle constata que la mort avait déjà fait son œuvre. Elle s'agenouilla à côté du lit, embrassa Tristan sur le front et, à ce moment-là, son cœur se brisa dans sa poitrine et elle mourut en expirant son dernier souffle sur la joue de son bien-aimé.

Entre-temps, le roi Marc avait découvert où était partie sa reine et s'était lancé à sa poursuite. Il trouva Iseut et Tristan dans la chapelle, couchés côte à côte sur une civière et veillés par le fidèle Gorneval. Le roi Marc ramena leurs dépouilles en Cornouailles, et Gorneval les accompagna. Là, on leur fit des funérailles splendides, ensemble, dans la chapelle de Tintagel. Chaque jour, pendant le restant de sa vie, le roi Marc vint prier sur leurs tombes et implorer leur pardon. Il déclara un jour à Gorneval qu'il n'avait jamais su lequel des deux il aimait le plus. Avant de repartir pour Camelot, Gorneval rendit une dernière visite au tombeau. Un noisetier avait poussé à côté du corps de Tristan et un chèvrefeuille à côté de celui d'Iseut, et leurs branches se rejoignaient presque au-dessus des deux tombes.

Perceval

Perceval arriva tardivement à Camelot. Galaad et Mordred étaient maintenant adultes et n'avaient renoncé ni l'un ni l'autre à leurs habitudes d'enfance. Mordred ne cessait de tourmenter Galaad sous prétexte que celui-ci, contrairement aux autres chevaliers, ne passait pas sa vie à courir l'aventure par monts et par vaux. Au contraire, il était le plus souvent à la chapelle en compagnie des moines, à parler, à réfléchir et à prier avec eux. Ce furent les moines qui lui fabriquèrent un grand bouclier blanc blasonné d'une croix rouge. Galaad se refusa toujours à expliquer sa conduite à Mordred, ou à qui que ce soit d'autre, si ce n'est pour dire qu'il attendait la grande quête de sa vie et s'y préparait. Mordred avait néanmoins la sagesse de ne pas aller trop loin avec Galaad, car il savait, comme tous les chevaliers de Camelot, que Galaad était dorénavant le plus valeureux de nous tous. Dans les tournois, il avait pris la place de Lancelot, celle du champion indiscuté que chacun aurait voulu vaincre, sans jamais y parvenir. Je ne l'affrontai qu'une seule fois, et ce fut une fois de trop. L'assaut fut bref et, aujourd'hui encore, il m'est pénible d'y penser. Je justifiai ma défaite du mieux que je pus, en, me disant – et en disant à Guenièvre – que j'étais désormais trop vieux pour ce genre de distraction. Formé et entraîné par son père, Lancelot, l'élève était devenu plus fort que le maître, dont il faisait l'orgueil et la joie.

Mordred aussi était devenu un combattant adroit mais, en dépit de tous mes efforts – et j'en fis beaucoup –, je n'étais pas parvenu à l'aimer. Bien souvent, il me suffisait de le regarder pour ressentir un frisson de honte, non seulement à cause de mon coupable secret, mais parce que j'étais obligé de reconnaître que ce triste individu était en réalité ma chair et mon sang. S'il n'avait pas été mon fils, je l'aurais chassé de Camelot depuis longtemps, car il ne possédait aucune des vertus chevaleresques. Étant enfant, il avait toujours été lâche et cruel, le genre de gosse qui arrache les ailes des papillons alors qu'ils sont vivants. Maintenant, il était devenu si sanguinaire et si impitoyable que Guenièvre elle-même, qui avait pourtant été si bonne pour lui quand il était petit, trouvait difficilement du bien à en dire. En dépit de son amour et de toutes ses attentions maternelles, en dépit des avertissements et des remontrances de Lancelot, en dépit de tous mes conseils et de tous mes arguments, Mordred était en train de devenir un monstre sous nos yeux et nous ne pouvions pas faire grand-chose pour l'en empêcher. Tout Camelot respirait mieux quand il était au loin, mais il revenait invariablement de ses expéditions plus vaniteux et plus fanfaron que jamais, avec le cadavre de son dernier adversaire en travers de sa selle, et je n'étais pas le seul à avoir remarqué que Mordred ne faisait jamais de prisonnier et que ses victimes étaient le plus souvent ou très vieilles ou très jeunes.

Néanmoins, malgré Mordred, ces années-là furent les plus belles de Camelot, sa grande époque. Il y eut encore quelques incursions de Saxons sur la côte sud et quelques invasions irlandaises à l'ouest, mais nos espions nous avertissaient toujours de leur approche et nous les attendions en nombre suffisant pour les rejeter à la mer. Notre royaume insulaire était maintenant en sécurité de tout côté. De plus, nous nous étions débarrassés de la plupart des seigneurs rebelles et des tyranneaux locaux. En Bretagne, il n'y avait plus qu'un seul Dieu, un seul roi et une seule loi pour tout le monde. Partout où j'allais, je voyais des gens satisfaits, avec un bon feu brûlant en permanence dans l'âtre, un abri contre les rigueurs de l'hiver et de quoi manger à leur faim. Ils élevaient et soignaient leurs enfants, ils s'occupaient des vieillards, et la lumière de l'espérance brillait dans leurs yeux. Le royaume de Logres avait été édifié en Bretagne conformément aux souhaits de Merlin. Nous avions réalisé la terre promise de Dieu… ou, du moins, nous pensions l'avoir fait.

Ce fut dans ce Camelot serein que survint un beau jour le jeune Perceval. J'ai tenu une certaine place dans son existence, mais une place minime, et ce fut de sa propre bouche que j'appris le reste : la raison qui l'avait décidé à venir à Camelot et la quête du Saint-

Graal qui devait être le couronnement de sa carrière de chevalier.

Perceval était le fils du roi Pelinore. Vous vous rappelez peut-être que j'avais naguère combattu celui-ci, qui était ensuite devenu un allié fidèle et un authentique chevalier de la Table ronde. Il avait guerroyé avec moi dans les premiers temps, quand mon royaume était exposé de tous les côtés. C'était lui qui s'était attaqué au roi Lot d'Orkney, un rebelle et un traître. Pelinore l'avait attiré dans une embuscade et l'avait tué. Certains des meilleurs chevaliers de la Table ronde étaient d'anciens opposants ralliés à notre cause, des hommes qui avaient compris leurs erreurs et livré ensuite le bon combat avec fougue et acharnement. C'était le cas de Pelinore. Par la suite, il avait trouvé la mort dans un duel avec Agravaine, le fils du roi Lot, un autre opposant rallié à notre cause et devenu chevalier de la Table ronde bien que je ne l'aie jamais aimé, non sans bonnes raisons comme l'avenir devait le démontrer. À l'époque, on avait soupçonné une fourberie quelconque, mais sans pouvoir le prouver. Agravaine avait toujours affirmé l'avoir tué en combat loyal, mais je ne l'avais jamais cru. La veuve de Pelinore, accablée de chagrin, ne voulait plus voir une armure ni une épée. Guenièvre s'était efforcée de la réconforter mais, une nuit, elle avait quitté Camelot avec son bébé, Perceval, et nous ne l'avions jamais revue.

Elle avait trouvé une région isolée du monde des hommes et y avait bâti une hutte au fond d'une épaisse forêt, au bord d'un ruisseau à truites. Elle avait tout ce

qu'il lui fallait : de la nourriture, de l'eau et du silence.
C'était là, dans cette forêt, que Perceval avait grandi.
Durant tout ce temps, il n'avait jamais vu personne
d'autre que sa mère. Vêtu seulement d'une peau de
loup, il était devenu une créature de la forêt, cueillant
des baies, des champignons et des fruits. Avec un
bâton effilé en guise de javelot, il avait appris tout seul
à chasser le sanglier, le cerf et le loup.

Un jour, alors qu'il pistait un loup à travers bois, il
posa le pied sur quelque chose de pointu et de froid,
nettement plus dur que du bois. S'accroupissant, il
découvrit une javeline parmi les feuilles mortes. La
hampe était pourrie et tomba en poussière dès qu'il la
toucha, mais le fer, quoique rouillé, était encore acéré.
Sa forme fit immédiatement deviner à Perceval l'usage
qu'il pourrait en faire. C'était la première fois de sa vie
qu'il voyait du métal. Il le débarrassa d'une partie de sa
rouille en le frottant sur une pierre et brûla le reste à la
flamme. Après quoi il le polit longuement, et le fer de
lance devint si brillant qu'on pouvait se mirer dedans.
Émerveillé, Perceval courut le montrer à sa mère, qui
soupira en secouant la tête et se détourna : elle avait
tenu son fils à l'écart de ce genre d'objet depuis si longtemps ! Perceval la quitta pour se rendre à la frênaie
dans laquelle il avait toujours coupé ses épieux, et il
tailla la plus belle hampe qu'il put trouver pour le fer
étincelant de sa nouvelle arme. Il constata bientôt que
celle-ci était parfaitement équilibrée, qu'elle filait tout
droit quand il la lançait, et quelle perçait le flanc d'un
sanglier à cinquante pas de distance. Tous les soirs, il

l'affûtait près du feu, et sa pauvre mère le regardait faire avec désespoir, car elle ne connaissait que trop bien l'usage qu'on faisait d'un tel objet dans le monde situé au-delà de la forêt et dont Perceval ne soupçonnait pas l'existence.

Au cours des années, Perceval s'écarta de plus en plus de la hutte familiale et explora des secteurs de la forêt de plus en plus lointains, bien que sa mère l'en eût souvent dissuadé. Un jour qu'il était allé particulièrement loin, il était tapi dans des buissons et s'apprêtait à lancer son arme sur un cerf qui broutait paisiblement.

Au moment où son bras se détendit et où la javeline s'envola en frémissant, le cerf releva la tête avec inquiétude et s'enfuit d'un bond sous le couvert, où il disparut. La javeline tomba sur le sol, et Perceval partit la chercher en pestant contre lui-même. Il avait traqué ce cerf pendant la moitié de la journée et essayait encore de comprendre ce qui avait pu lui donner l'alarme lorsqu'il entendit des bruits de pas. Levant la tête, il vit trois chevaux se diriger vers lui entre les arbres. Leurs cavaliers portaient tous une armure et un casque luisants, une grande épée pendue au côté et un bouclier brillamment coloré. C'était la première fois que Perceval contemplait de telles splendeurs. Stupéfait, il les regarda bouche bée. Peut-être était-ce un rêve ? Pourtant, ils semblaient être en chair et en os, et voilà qu'ils lui adressaient la parole.

– Vous nous regardez comme si nous étions des fantômes, dit l'un d'eux.

– Qu'est-ce que vous êtes ? murmura Perceval.

Et il recula, sa javeline à la main, prêt à se défendre, ce qui les fit rire.

— Nous ne vous ferons aucun mal, dit le même chevalier. Je m'appelle Lancelot, et ces gentilshommes sont mes frères, Hector et Lionel. Nous sommes des chevaliers de la cour du roi Arthur, suzerain de Bretagne, votre roi et le mien, et nous rentrons à Camelot pour y fêter la Pentecôte. Et maintenant, à votre tour : je vous ai dit qui nous sommes, à vous de nous dire qui vous êtes et d'où vous venez.

Perceval leur dit qui il était, et ils eurent du mal à le croire.

— Ainsi, nous serions les premiers êtres humains que vous ayez jamais vus ? s'enquit Lancelot.

— En dehors de ma mère, c'est exact, répondit Perceval.

— Eh bien, au-delà de cette forêt se trouve un vaste royaume entouré par la mer. Grâce à notre roi, nous sommes maintenant une île en paix et un peuple heureux, déclara Lancelot.

— C'est comme le ciel ? questionna Perceval en abaissant sa javeline. Ma mère m'a parlé de Dieu, du ciel et des anges. Je me suis dit que vous étiez peut-être des anges.

— Non, répondit Lancelot en riant, ce n'est pas le ciel, et je peux vous certifier que nous ne sommes pas des anges. Rien ne vous empêche de quitter votre forêt et d'aller voir par vous-même. Camelot est situé exactement à l'ouest d'ici. Lorsque vous irez — et, à votre expression, je devine que vous irez —, demandez à parler au roi Arthur ou à moi-même. Vous êtes peut-être jeune, mais je n'ai jamais vu personne lancer le javelot mieux que vous. Les hommes de votre trempe sont toujours les bienvenus à la cour du roi Arthur.

Lancelot toucha de ses éperons les flancs de sa monture et leva la main en signe d'adieu. Les chevaux se mirent en route.

– Je viendrai, dit Perceval. Je vous remercie infiniment.

– Il n'y a pas de quoi, répondit Lancelot. J'étais votre obligé. C'est mon imbécile de cheval qui, en encensant, a effrayé votre cerf. Sinon, vous l'auriez tué. Vous êtes un fin chasseur : je ne vous avais pas repéré, et mes frères non plus, avant de voir la javeline tomber à terre.

Et ils disparurent à nouveau entre les arbres, selles grinçantes et harnais tintinnabulants.

Perceval faillit les suivre sur-le-champ jusqu'à Camelot, mais il se rappela sa mère et comprit qu'il ne pouvait pas partir sans la prévenir. Aussi retourna-t-il chez lui en courant tout le long du chemin avec les longues foulées souples d'un chasseur-né. Il trouva sa mère occupée à vider un poisson devant la hutte, les braises déjà prêtes à le cuire, et attendit qu'ils aient dîné pour lui raconter ce qui s'était passé dans la forêt.

– Ils avaient l'air d'arriver d'un autre monde, Mère, dit-il tout excité, mais ce n'était pas le cas. Ils appartiennent à la cour du roi Arthur, à Camelot, et ils veulent que je vienne les y rejoindre. Ils ont dit que c'était faisable. Je vais devenir un chevalier de la cour du roi Arthur, Mère. Vous serez fière de moi, vous verrez.

À ces mots, sa mère pâlit et se récria violemment.

– Non, c'est impossible ! s'écria-t-elle. Vous ne pouvez pas faire cela. Je sais bien que tous les fils s'en vont un jour ou l'autre, toutes les mères le savent… mais pas pour aller à Camelot, je vous en supplie, pas à Camelot !

– Pourquoi, Mère ? demanda Perceval.

Alors elle lui révéla ce qu'elle s'était juré de lui taire à tout jamais, que son père était le roi Pelinore, l'un des plus fameux chevaliers de la Table ronde, qu'Agravaine l'avait délibérément entraîné dans une mauvaise querelle, et qu'il l'avait tué pour venger la mort de son propre père.

– Voilà pourquoi je vous ai tenu à l'écart du monde, dit-elle en pleurant. Pour vous protéger. Je ne voulais pas vous perdre aussi. Bien que vous soyez fils de roi, je vous ai élevé ici dans les voies de la paix. Et maintenant, vous voulez partir et prendre les voies de la guerre, comme l'avait fait votre père, et je vous perdrai également.

– Vous ne me perdrez pas, Mère, assura tendrement Perceval mais son cœur était soudain plein de colère. Cependant, je suis plus déterminé que jamais à partir. Je me rendrai à la cour du roi Arthur et je vengerai la mort de mon père.

– Non ! s'exclama sa mère. La vengeance appartient à Dieu, pas à nous. Ne vous ai-je pas appris ce que disait Jésus ? Nous devons aimer nos ennemis, pas les haïr. Vous pouvez vous rendre à Camelot avec ma bénédiction, Perceval, à condition de me jurer solen-

194

nellement que vous ne tenterez jamais de venger votre père. Il ne l'aurait pas voulu. Ce qui est fait est fait. Il faut me le promettre.

Et Perceval s'inclina et promit mais, en faisant cette promesse, il songeait déjà à s'en dédire. Il se rendrait à Camelot, apprendrait à se battre et deviendrait chevalier. Après quoi, en temps voulu, il défierait Agravaine et se vengerait.

Le lendemain matin, alors que les premiers chants d'oiseaux retentissaient dans les arbres et que la lueur grise de l'aube envahissait le ciel, sa mère le bénit et l'embrassa. Il promit de venir la voir dès que possible et partit sans se retourner, pieds nus, comme toujours, et vêtu d'une simple peau de loup. Il prit la direction de l'ouest en tournant le dos au soleil levant, et durant des jours, durant des semaines, il courut. Perceval pouvait courir à longueur de journée sans même être essoufflé. Il finit par atteindre la lisière de la forêt. Devant lui, un vaste marécage s'étendait à perte de vue. Au milieu s'élevait une colline ceinturée d'un château et couronnée d'un triple arc-en-ciel, le premier que Perceval ait jamais vu. « Camelot, se dit-il. C'est sûrement Camelot. »

Il trouva la levée de terre qui permettait de traverser le marais et la prit au petit trot, sa javeline au poing. Lorsque, toujours courant, il parcourut les ruelles tortueuses du village et grimpa la rampe du château, les gens se retournaient sur son passage, parfois en riant. Alors il riait avec eux et les saluait en agitant la main. À la grille du château, il demanda à voir Lancelot ou le roi Arthur.

– L'un ou l'autre, peu importe, dit-il. Je veux devenir un chevalier de la Table ronde.

Et les gardes, dissimulant leur amusement de leur mieux, l'amenèrent dans la grande salle où je me trouvais. Bercelet alla le renifler.

La première fois que je vis Perceval, je me souviens de m'être demandé : est-ce un homme ou un enfant ? Il a le corps d'un adulte très vigoureux, mais son visage est celui d'un petit garçon s'émerveillant de tout ce qu'il voit. Bouche bée, il écarquillait de grands yeux candides. Kay fut le premier à lui adresser la parole.

– Regardez un peu ce que nous a rapporté Bercelet, ricana-t-il. Allez, filez, vous sentez aussi mauvais qu'un putois.

Perceval l'ignora. Bercelet vint s'asseoir à côté de moi, et je fis signe à Perceval d'approcher. Il continuait à regarder autour de lui.

– Je m'appelle Perceval et je cherche le roi Arthur, dit-il. Ou Lancelot : c'est un ami à moi.

Kay n'était pas au bout de ses moqueries. Il prit Perceval par l'épaule et le fit pivoter face à lui.

– C'est moi le roi, dit-il. Je suis le roi Arthur. Adressez-vous à moi, mais commencez par vous mettre à genoux.

Perceval l'examina un instant avant de déclarer :

– Non, c'est faux. Vous avez une tête de belette et des yeux de cochon. Vous caquetez comme un geai et vous claironnez comme un coquelet. Un coquelet peut être roi sur un tas de fumier, mais vous n'êtes pas le roi Arthur, suzerain de Bretagne.

En entendant cela, tout le monde éclata de rire et tapa sur la table. Kay leva la main sur Perceval, et il l'aurait giflé si Lancelot n'avait pas retenu son bras.

– Assez de bêtises, Kay, dit Lancelot, et Perceval se retourna, le reconnut aussitôt et mit un genou en terre. Non, dit Lancelot en le relevant et il le tourna vers moi. Vous n'avez pas à vous prosterner devant moi. On ne plie le genou que devant son roi. Voici Arthur, suzerain de Bretagne, dit-il et Perceval s'agenouilla devant moi.

– Qu'est-ce qui vous amène, Perceval ? demandai-je.

– Je veux devenir votre chevalier, si vous voulez bien de moi, répondit-il posément. Comme Lancelot. Il a dit que je lançais bien le javelot. Il a dit que je pouvais venir.

Kay recommença à s'esclaffer, emplissant la salle de ses ricanements sarcastiques. Leurs échos étaient à peine éteints qu'ils retentirent de nouveau, des échos d'échos mais, cette fois, ils venaient de la porte et leur tonalité était différente, plus sonore et plus stridente. Nous nous retournâmes. Sur le seuil se tenait un formidable chevalier dont l'armure avait la couleur des flammes et dont la barbe était de l'or en fusion. Les poings sur les hanches, il parcourut la salle des yeux en riant bruyamment.

– Ainsi donc, voilà la célèbre cour du roi Arthur ? Tout ce que je vois, c'est une bande de pochards au foie blanc et à la panse pleine de vinasse. (Il s'avança à grands pas, s'empara du gobelet que je tenais à la main et se le vida dans le gosier.) Je garde ceci en souvenir, si vous n'y voyez pas d'inconvénient, ironisa-t-il. Et si vous y voyez un inconvénient, je n'en ferai pas une maladie.

Pivotant sur ses talons, il sortit de la salle en laissant planer derrière lui les échos de son rire moqueur.

Aussitôt, tous les chevaliers furent debout, impatients de se lancer à sa poursuite. Bercelet se leva en grondant, le poil hérissé, les babines retroussées, mais je le retins.

—Non, Bercelet, dis-je. Je ne peux pas envoyer un chien alors que cent cinquante chevaliers brûlent de me rapporter mon gobelet.

—Laissez-moi y aller, s'il vous plaît, implora Perceval, les yeux brillants d'ardeur. Je vous rapporterai votre gobelet et, à ce moment-là, peut-être que vous m'armerez chevalier et que je pourrai m'asseoir à la Table ronde.

—Il vous faudrait une armure, objectai-je, et une épée.

Perceval secoua négativement la tête.

—Je n'ai besoin que de cela, dit-il en montrant sa javeline.

—Il vous faut un cheval, dit Lancelot. Prenez le mien.

—Merci, Lancelot, répondit Perceval, mais j'ai mes jambes. Elles seront peut-être moins rapides qu'un cheval, mais elles se fatigueront moins vite.

—Au moins, sustentez-vous avant de partir, insistai-je.

—Je mangerai en route, dit-il en tapotant le sac

pendu à sa taille. Des myrtilles et des prunelles, c'est tout ce qu'il me faut. Je reviendrai, mon roi, et avec votre gobelet, vous verrez.

Puis il se prosterna et partit en courant, nous laissant tous interloqués.

Cette nuit-là, je restai éveillé dans mon lit baigné de clair de lune, à me demander si j'avais eu raison de permettre à Perceval de poursuivre le Chevalier doré. Plus j'y réfléchissais, plus je me rendais compte que j'avais accepté trop vite, trop facilement. Ce n'était encore qu'un enfant. J'aurais dû envoyer quelqu'un d'autre. J'aurais dû y aller moi-même. Il fallait le rattraper avant qu'il ne lui arrive malheur, avant qu'il ne soit trop tard. Je me levai, endossai mon armure, laissai Bercelet endormi à sa place habituelle, au pied de mon lit, et longeai les remparts jusqu'à la tour abritant la chambre de Guenièvre. Elle détestait que je m'en aille sans la prévenir. Je me rappelle avoir entendu crier une renarde et, en levant la tête, je sentis le vent froid sur mon cou et je distinguai une silhouette adossée au rempart, au pied de la tour.

– Alors, vous non plus, vous ne pouviez pas dormir, messire ? dit la voix de Lancelot. Ce doit être à cause de la lune.

– La lune n'y est pour rien, répondis-je. C'est à cause de Perceval. Je pars le rattraper avant qu'il ne s'attire des ennuis. Je n'aurais pas dû le laisser partir. Vous m'accompagnez ?

Lancelot n'hésita pas. Il n'hésitait jamais. En traversant la salle, nous trouvâmes Gauvain et Galaad bavardant encore devant la cheminée. En apprenant où nous allions, ils nous emboîtèrent le pas sans même qu'on leur demande. Nous partîmes tous les quatre dans la nuit froide, Lancelot chevauchant à mes côtés. Je lui souris, heureux de partir une fois de plus à l'aventure en sa compagnie, mais en me voyant sourire, il détourna vivement les yeux. Je me demandai pourquoi.

Pendant ce temps, Perceval n'avait toujours pas rattrapé le Chevalier doré. Il courait, courait inlassablement dans l'obscurité. Le jour se leva, et tous les paysans qu'il croisa lui dirent que le Chevalier doré venait tout juste de passer. Maintenant, il avait une piste à suivre : des marques de sabot dans la boue. Ne s'arrêtant que pour examiner celles-ci et pour boire dans les ruisseaux, il suivit le Chevalier doré à la trace, non plus à longues foulées régulières, mais en bondissant comme un loup qui se rapproche de sa proie. Ce jour-là, à midi, il finit par l'apercevoir. Accroupi au pied d'un arbre, celui-ci faisait rôtir un lapin sur un petit feu. À côté de lui, sur le sol, était posé le gobelet volé.

Perceval s'approcha rapidement et se planta devant lui.

— Vous avez dérobé ce gobelet au roi Arthur, lui dit-il. Rendez-le-moi, sinon je serai obligé de me battre avec vous pour le récupérer, et si nous nous battons, je vous tuerai, ce qui fait que vous serez mort pour un simple gobelet, autant dire pour rien du tout.

— Quoi ? rugit le Chevalier doré en se dressant de toute sa taille et en tirant son épée. Vous osez me menacer, misérable avorton ? Cette lame va vous cou-

per en deux moitiés qui détaleront chacune sur une jambe.

Il rit bruyamment et marcha sur Perceval en faisant tournoyer son épée. Il n'avait même pas pris la peine de mettre son heaume. Les jarrets tendus, Perceval le laissa approcher. Au dernier moment, il bondit derrière un arbre, se hissa sur une branche, gagna l'arbre voisin et retomba sur le sol où il esquiva d'un côté, se déroba d'un autre, toujours à la dernière seconde. S'essoufflant dans la chaleur de midi, le Chevalier doré le suivit à pas pesants, sans songer un seul instant que ce gamin pourrait utiliser sa javeline.

— Votre lapin est presque cuit, dit Perceval. Rendez-moi le gobelet, et nous nous en régalerons ensemble, comme deux bons amis. Sinon, je devrai le manger tout seul après votre mort.

À ces mots, le Chevalier doré poussa un cri de guerre à vous faire dresser les cheveux sur la tête et chargea. Perceval fit un pas de côté et glissa sa javeline sous le bouclier de son adversaire, dont il transperça le cou. Le Chevalier doré s'effondra, son dernier cri coincé à tout jamais dans sa gorge.

Lorsque nous arrivâmes sur les lieux, un peu plus tard, Perceval était penché sur le Chevalier doré, auquel il essayait de retirer son armure. Sans grand succès, car il ignorait apparemment qu'il fallait commencer par défaire les boucles.

— Vous vous y prenez mal, vous ne pourrez jamais l'en extirper, dit Gauvain en riant et il sauta de son cheval pour l'aider.

Nous enterrâmes le Chevalier doré là où il était tombé.

– C'est la première fois que je tue un homme, murmura Perceval et il tourna vers moi des yeux pleins de larmes. Ce n'est pas la même chose que tuer un animal, n'est-ce pas, messire ? Pourtant, c'était tout aussi facile. Et tout cela pour un gobelet !

– Vous n'avez aucun reproche à vous adresser, lui dit Gauvain en l'entourant d'un bras consolateur, vous n'avez rien fait de mal. C'est lui qui a choisi de mourir et, d'ailleurs, mourir n'a rien de terrible. La mort fait partie de la vie. À la minute où nous naissons, nous sommes condamnés à mourir. L'important, c'est ce que nous faisons tant que nous sommes vivants.

– Supprimer une vie est toujours mauvais, c'est toujours mal, dit Galaad. Il peut arriver, comme aujourd'hui, que ce soit le moindre de deux maux, mais ne vous réjouissez jamais de la mort d'un homme, quoi qu'il ait pu faire : c'est toujours un sacrilège, et ce genre de satisfaction est trop fréquent à Camelot. Pour Mordred, comme pour quelques autres, un homme mort n'est rien d'autre qu'un trophée. Il tire gloire de chacun des cadavres qu'il rapporte au château. C'est indigne. C'est honteux.

Perceval réfléchit un instant avant de demander :

Alors, est-ce que ce serait juste ou injuste, bien ou mal, si un fils tuait l'homme qui a tué son père ?

Aucun d'entre nous ne paraissant désireux de lui répondre, Lancelot prit la parole :

– Eh bien, Galaad ? Vous êtes mon fils. Estimeriez-vous mal de venger ma mort ?

– Oui, Père, ce serait mal, répondit Galaad sans la moindre hésitation. La vengeance n'est pas notre affaire, c'est celle de Dieu. Nous devons Lui laisser le soin de l'exercer. Si les moines m'ont enseigné quelque chose, c'est que l'amour l'emportera toujours sur tout, sur toute haine, sur toute vengeance.

– C'est ce que m'a dit ma mère ! s'écria Perceval et il tomba brusquement à genoux devant moi. Mon roi, il faut que je vous apprenne qui je suis et pourquoi je suis venu à Camelot. Je suis le fils du roi Pelinore, cruellement mis à mort par Agravaine, l'un des chevaliers de votre Table ronde. C'est vrai que je suis venu ici pour devenir votre chevalier mais, au fond de mon cœur, je suis surtout venu me venger. Une fois armé chevalier et entraîné au combat, je comptais le défier et le détruire. (Il leva les yeux vers moi.) J'ai promis à ma mère de n'en rien faire, et cependant je m'apprêtais à le faire.

– Un jour ou l'autre, il nous est arrivé à tous de trahir une promesse, dis-je. Si les promesses sont faciles à faire, elles sont également faciles à rompre.

Je dégainai Excalibur et profitai de ce que le jeune Perceval était agenouillé devant moi pour l'armer chevalier. Jamais encore je n'avais été aussi enclin à adouber quelqu'un. C'était sa franchise qui m'émouvait.

– Bien, dit Gauvain en le remettant sur ses pieds lorsque ce fut terminé. Voilà une bonne chose de faite. Maintenant, il dispose d'une armure. Vous pouvez également prendre le cheval du Chevalier doré : je doute qu'il en ait encore l'usage. Le reste, c'est moi qui vous l'apprendrai. (Il étreignit Perceval et le serra un instant sur son cœur, puis il le tint à bout de bras et l'examina de la tête aux pieds.) Doux Jésus, dit-il en secouant tristement la tête. Regardez-moi cela ! Les yeux brillants et toute sa vie devant lui. Ce que je voudrais retrouver ma jeunesse !

Lancelot et moi, nous nous regardâmes en pensant la même chose.

Nous reprîmes donc tous le chemin de Camelot et, ce soir-là, on festoya. Perceval occupa son siège, sur lequel une main inconnue et invisible avait miraculeusement inscrit son nom, comme chaque fois qu'un nouveau chevalier s'asseyait pour la première fois à la Table ronde. Le repas terminé, je fis venir Agravaine et, devant Perceval et toute l'assemblée, il demanda pardon de ce qu'il avait fait au roi Pelinore bien des années auparavant. Lorsque les deux hommes se donnèrent l'accolade en signe de réconciliation, toute la salle croula sous les applaudissements, les coups de sifflet et les vivats. Les chevaliers tapèrent des pieds et martelèrent la Table ronde en entrechoquant assiettes et gobelets. Ému aux larmes, je me tournai vers Guenièvre, sous son baldaquin, pour partager avec elle la joie de cet instant. Mais elle n'était pas là, et je m'aperçus que le siège de Lancelot, à côté de celui de Gauvain, était également vide. La main glacée du soupçon me serra le cœur, et je repensai à ma rencontre avec Lancelot sur les remparts, au pied de la tour de Guenièvre. Maintenant, je comprenais pourquoi il se trouvait là. Je fermai les yeux pour cacher mes larmes, et je pleurai intérieurement sur l'ami que j'avais perdu, sur l'épouse que j'avais perdue. Lorsque je rouvris enfin les yeux et regardai autour de moi, je me rendis compte, à leur expression, qu'ils savaient tous depuis longtemps ce que je venais de découvrir. Un silence contraint pesa sur la salle.

— Alors ? dis-je. Qu'est-ce que vous regardez ? Où est passée la joyeuse ambiance du festin ? Le vin la ranimera, il la ranime toujours. Buvez, mes amis, buvez.

Cette nuit-là, nous bûmes plus que de coutume, mais je savais déjà que l'âme de Camelot était morte à tout jamais, qu'aucune quantité de vin ou de bière ne pourrait la faire revivre, et qu'une longue et triste route s'ouvrait désormais devant nous. Hébété par l'ivresse, je montai dans ma chambre et m'agenouillai pour prier, comme je le faisais étant enfant. J'implorai Merlin, j'implorai dame Nemue, j'implorai Jésus, j'appelai désespérément à l'aide. Aucune voix ne me répondit. J'étais complètement seul.

Au matin, ma décision était prise. Je me levai de bonne heure et envoyai chercher Lancelot pour chasser au faucon. Nous partions lorsque Guenièvre arriva en courant.

— Je peux venir avec vous ? demanda-t-elle.

J'eus du mal à la regarder en face.

— Non, répondis-je sèchement. Nous irons seuls.

— Mais nous y allons toujours ensemble, insista Guenièvre en posant la main sur mon étrier.

— Nous y allions, rectifiai-je, et je partis.

Lancelot chevauchait à côté de moi, son faucon

favori sur le poing, dûment chaperonné. Nous longeâmes la levée de terre en silence, jusqu'à l'orée de la forêt dans laquelle je savais que nous serions hors de vue.

– Nous allons nous arrêter ici, dis-je. Posez le faucon sur son perchoir, Lancelot, j'ai à vous parler.

Il obéit immédiatement et vint se placer devant moi, pâle comme la mort. Il avait compris que je savais. Je dégainai Excalibur et en posai la pointe sur son cou.

– Vous allez me tuer, messire ? dit-il et il releva le menton. Je n'implorerai pas grâce, bien que je sache que j'ai mal agi envers vous. Je n'ai aucune excuse, mais je tiens à préciser qu'elle n'est pas coupable. Elle vous était fidèle et, dans son cœur, elle l'est encore et souhaite le rester toujours. Le coupable, c'est moi et moi seul. Nous avons essayé de garder nos distances… oh, comme nous avons essayé, messire ! Nous ne pouvons pas.

J'enfonçai un peu plus Excalibur, et un filet de sang jaillit de son cou et coula le long de la lame jusqu'à la garde. Je sentis le brouillard rouge de la colère monter en moi comme il l'avait si souvent fait sur les champs de bataille, des années auparavant. Mais pendant que nous étions là, immobiles, Lancelot à deux doigts de la mort, une bande de corbeaux croassants vint harceler le faucon sur son perchoir. Toujours encapuchonné, celui-ci prit peur et s'envola en battant follement des ailes. N'y voyant rien, il alla se jeter tout droit sur un tronc d'arbre et tomba comme une pierre sur le sol où il ne bougea plus, le vent seul remuant faiblement ses plumes. Nous courûmes vers lui et nous nous penchâmes sur le corps.

– C'était mon préféré, dit Lancelot en le soulevant délicatement et en lui retirant son capuchon : la tête retomba mollement.

– Vous aussi, vous étiez mon préféré, dis-je. C'est un signe. Voilà le sort qui m'attend. Comme les corbeaux, mes ennemis s'assembleront à nouveau pour me détruire, et ce sera la fin du royaume de Logres.

Lancelot se redressa et me regarda dans les yeux.

– Si vous me pardonnez, messire, je ne les laisserai pas faire. Je vous le promets. J'en prends solennellement l'engagement.

– Et vous renoncerez à tout jamais à Guenièvre ? demandai-je. Cela aussi, vous me le promettez ? Vous prenez l'engagement de ne plus la revoir ?

Pendant un instant, il garda le silence. Puis il baissa les yeux et secoua tristement la tête.

– Cela, je ne peux pas le promettre, dit-il.

Ma colère s'était calmée. Je rengainai Excalibur.

– Je ne peux pas vous tuer, Lancelot, mais je ne peux pas non plus vous considérer plus longtemps comme un ami loyal, et quiconque n'est pas mon ami devient mon ennemi. Galaad a raison : laissons à Dieu le soin de s'occuper de vous et de moi comme Il l'entendra. Je ne vous tuerai pas et je ne peux pas vous bannir, car vous avez à Camelot de nombreux amis qui prendraient votre parti, et nous nous retrouverions bientôt face à face, engagés l'un contre l'autre dans une guerre civile. Mais je me débarrasserai de vous. D'une manière ou d'une autre, je me débarrasserai de vous. Nous ne nous adresserons plus jamais la parole en amis.

Je le quittai et repris le chemin de Camelot.

La Pentecôte arriva mais, à Camelot, jamais sa célébration n'avait été aussi morne. Guenièvre ne quittait plus sa chambre, et je ne l'avais pas vue depuis des jours et des jours. Maintenant, on chuchotait dans les coins sombres et des coteries murmurantes réunissaient les partisans de Lancelot et les miens. Mes amis eux-mêmes évitaient de me regarder en face. J'interprétais cette situation pour ce qu'elle était : le commencement de la fin. La lumière de Camelot déclinait tout autour de moi.

Ce soir-là, au festin, Lancelot occupa sa place devant la Table ronde. Il fut courtois mais froid, comme moi. La Table ronde était pleine, tous les sièges étaient occupés, sauf celui marqué « Danger » où personne n'osait jamais s'asseoir. Nous étions en train de réciter le bénédicité, tête penchée et mains jointes, lorsque quelqu'un ouvrit la porte. À la lueur vacillante des torches, je ne devinai pas tout de suite de qui il s'agissait. La silhouette emmitouflée traversa lentement la salle en relevant son capuchon, et je reconnus dame Nemue. Mais, en même temps, je m'aperçus que personne d'autre n'avait bougé. Personne ne l'avait vue. Ils étaient toujours assis, la tête penchée et les mains jointes, aussi immobiles que des statues.

— Messire Arthur, dit la Dame du Lac, le moment est venu d'occuper le siège marqué « Danger ». Le chevalier choisi sera le Chevalier du Graal, le seul membre de cette assemblée suffisamment pur pour trouver le Saint-Graal et y tremper ses lèvres. Dans cette salle, un seul chevalier n'a commis aucun péché.

Alors Galaad se leva comme s'il était hypnotisé et se dirigea vers le siège marqué « Danger » sur lequel il s'assit, la tête toujours inclinée et les mains toujours jointes dans l'attitude de la prière. Dame Nemue me regarda, et le seul sentiment que je lus dans ses yeux était la pitié.

— Je ne peux rien faire de plus pour vous, dit-elle. Ce qui est fait est fait, et ce qui doit être fait le sera. Je vous reverrai à Camlaan.

Et elle se volatilisa pendant que les chevaliers achevaient leur bénédicité. Soudain, Lancelot se leva d'un bond, le bras tendu vers Galaad.

— Debout, mon fils ! Levez-vous ! s'écria-t-il. C'est la mort de s'asseoir là.

— Pas pour moi, Père, dit Galaad, car je suis le Chevalier du Graal, et je m'apprête à être chargé de la quête du Saint-Graal, à laquelle je me prépare depuis des années.

Tandis qu'il parlait, la salle fut balayée par un brusque coup de vent, le tonnerre gronda d'un bout à l'autre du ciel, et un éclair s'abattit juste au-dessus de nous avec un tel fracas que le château trembla sur ses fondations. La porte s'ouvrit à la volée, et une boule de feu, que je pris d'abord pour la foudre, roula dans la salle en l'illuminant de sa lumière, une lumière encore plus brillante que le soleil, tellement éblouissante que

tout le monde se couvrit les yeux en gémissant de douleur. Je pris le risque de regarder entre mes doigts, et je vis la lumière planer au-dessus de la Table ronde. En son centre se trouvait une coupe, une coupe en bois d'olivier apparemment insensible au feu qui l'entourait. Portée par les flammes, elle vint se poser sur la table, et la lumière aveuglante se réduisit à une auréole chatoyante autour de la coupe en bois.

Lancelot était toujours debout.

—Je l'avais déjà vue une fois, dit-il médusé. À Corbenic, chez le roi Pelles, quand j'avais tué le dragon. C'est le Saint-Graal, la coupe dans laquelle le Seigneur Jésus a bu lors de son dernier repas sur terre, la coupe qui fut apportée dans ce pays par Joseph d'Arimathie en personne.

À nouveau, le château trembla et le vent souffla en tempête. Un nuage de fumée et d'étincelles jaillies de l'âtre emplit la salle et, sous nos yeux, la coupe s'éleva et parut emportée par un feu si éblouissant, si brûlant que nous dûmes une fois de plus nous couvrir le visage. À mes pieds, Bercelet gémit et enfouit sa tête contre mes jambes. Et puis les portes se refermèrent, le vent tomba et la fumée se dissipa. Lorsque je levai les yeux, la coupe avait disparu.

Dans le silence hébété qui suivit, Galaad vint s'agenouiller devant moi.

—Je regrette de vous quitter, messire, dit-il, car je crains que vous n'ayez bientôt le plus impérieux besoin de vos chevaliers les plus loyaux, mais il faut que je parte. Je dois me mettre en quête du Saint-Graal qui, comme l'a dit mon père, est effectivement la coupe dans laquelle Notre Seigneur Jésus-Christ a bu lors de la Cène. Rien n'est plus sacré. Je ne vous reverrai plus, messire. Je ne reviendrai jamais à Camelot, car ma quête ne sera achevée que lorsque j'aurai trouvé le Graal et que je l'aurai porté à mon père du ciel. Puis-je partir avec votre bénédiction ?

– Si vous devez y aller, Galaad, il faut y aller, répondis-je tristement, et je vous bénis de grand cœur. Je ne suis votre roi que sur cette terre. Nous avons tous un roi dans le ciel, et c'est à Lui que vous obéissez.

Lancelot se trouva soudain là, à ses côtés, m'implorant de réfléchir.

– Ne le laissez pas partir, messire. C'est mon fils unique. Il est tout ce que je possède au monde.

Je regardai Lancelot et, pour la première fois, je le haïs. Et, brusquement, la solution m'apparut, une solution terrible, un moyen de me débarrasser de lui. Au pire des cas, elle aurait au moins le mérite d'empêcher Guenièvre de le voir pendant très, très longtemps, et au mieux – oui, je l'avoue maintenant franchement –, celui de me débarrasser de lui à tout jamais.

– Alors, accompagnez-le, Lancelot, dis-je. Je ne peux pas arrêter Galaad. Dans toute l'histoire de Camelot, aucune mission n'a jamais été aussi importante que celle-là. Vous savez où se trouve Corbenic, l'endroit où vous prétendez avoir vu le Saint-Graal. Eh bien, Galaad est votre fils. Pourquoi ne partiriez-vous pas avec lui pour le protéger, pour le guider ? Vous ne voudriez pas le laisser seul, n'est-ce pas ?

– À vos ordres, messire, répondit-il et ses yeux me perçaient à jour. Je l'accompagnerai.

En entendant cela, Gauvain bondit.

– Moi aussi ! s'écria-t-il.

– Et moi également ! ajouta Bors.

– Permettez-moi d'aller avec eux, messire ! implora Perceval. Je ne vous manquerai pas.

Ce fut bientôt la moitié des chevaliers présents qui me harcelaient pour que je les laisse partir. Lancelot posa sa main sur mon bras.

– Votre désir de me voir mort va vous coûter votre royaume, messire. Il ne vous restera personne pour le défendre, et vous risquez fort d'avoir à le défendre. C'est vous-même qui l'aurez cherché.

Je savais qu'il disait la vérité, mais c'était une vérité que je ne voulais pas entendre. Le contact de sa main sur mon bras était plus que je ne pouvais supporter. Je la repoussai sèchement.

– Emmenez qui vous voudrez, lui dis-je. Je ne veux plus vous revoir à Camelot.

Je levai les bras et m'adressai à tous les chevaliers de la Table ronde en comprenant que ce serait la dernière fois.

– Si vous souhaitez participer à cette quête, dis-je lorsque le silence se fit, allez-y et tous mes vœux vous accompagneront. Un homme doit aller où son cœur le conduit, n'est-ce pas, Lancelot ?

Il ne me répondit pas.

Cette nuit-là, j'étais couché lorsque Guenièvre vint me trouver. J'avais prévu cette visite et fermé ma porte à clef. Elle m'implora à travers le panneau.

– Ouvrez-moi, Arthur, s'il vous plaît. (Je ne répondis pas.) Si vous ne voulez pas me voir, je vous supplie au moins de m'écouter. Ne laissez pas partir Lancelot. S'il s'en va, j'en mourrai de chagrin. S'il reste, je vous promets d'être tout à vous, et seulement à vous, comme autrefois. Tout redeviendra exactement comme avant, Arthur, je vous en fais le serment. Arthur, s'il vous plaît ?

Je restai figé dans mon lit, l'oreille tendue. Mes joues étaient baignées de larmes, mais c'était des larmes de colère. Lorsque j'entendis Guenièvre sangloter, je n'eus même pas pitié d'elle.

Au matin, j'étais sur les remparts lorsque les chevaliers sortirent de la cour : Galaad et Lancelot côte à côte, sans un regard en arrière ; Gauvain, Gareth, Gaheris, Bors et Perceval sur son grand destrier caracolant, avec son armure dorée étincelant sous le froid soleil matinal ; en tout, quelque soixante-dix chevaliers. Ils suivirent la levée de terre et disparurent dans la brume. Je sentis Guenièvre à mes côtés.

– Qu'avons-nous fait ? demanda-t-elle. Qu'avons-nous fait ?

– Nous nous sommes détruits nous-mêmes, répondis-je. Le royaume de Logres n'est plus. Camelot est divisé et à la merci de ses ennemis, et cela par notre seule faute.

– Peut-être était-ce trop demander, dit doucement Guenièvre. Peut-être ne peut-on pas avoir le ciel sur la terre. Peut-être ne peut-on pas être parfait.

– Peut-être pas, acquiesçais-je, mais on peut essayer. Au moins, nous avons essayé, n'est-ce pas ?

Et mes yeux scrutèrent les siens, ces yeux que j'aimais toujours, et je vis qu'elle éprouvait encore de l'amour pour moi, mais nous savions tous deux que c'était désormais un amour flétri. Elle passait ses journées à sa fenêtre. Durant des semaines, elle ne sortit pas de sa chambre. Mes nuits, hantées par la haine, les remords et les regrets qui bataillaient en moi, étaient interminables. Ce que j'avais fait était déjà assez horrible, mais ce que j'éprouvais l'était encore plus. J'attendais avec impatience des nouvelles m'annonçant non pas la découverte du Saint-Graal, mais la mort de Lancelot. Je souhaitais sa mort, je priais le ciel qu'il meure, et j'implorais ensuite le pardon d'avoir fait cette prière. Tous les deux, nous attendions, nous étions dans l'expectative. Elle priait sûrement aussi, mais nos prières n'étaient pas les mêmes.

De tous les chevaliers qui étaient partis ce fameux jour en quête du Saint-Graal, moins d'une vingtaine regagnèrent Camelot. Le premier à revenir fut Perceval. Quelques mois plus tard, par une nuit sans lune, il fit son entrée dans la cour du château en compagnie de sa jeune épouse, Blanchefleur, la fille cadette du roi Pelles de Corbenic. Je les emmenai aussitôt dans la grande salle, où nous nous assîmes tous trois devant le feu. Comme ils se regardaient tendrement ! Comme je leur enviais leur amour tout neuf ! Mais j'avais de plus sombres pensées en tête.

– Alors ? demandai-je, incapable de me contenir plus longtemps. Quelles nouvelles de Lancelot ? Quelles nouvelles du Saint-Graal ?

À l'instar de beaucoup de combattants ayant survécu au cauchemar des batailles, Perceval se refusait à épiloguer sur les événements. Leur souvenir le troublait, l'attristait. En me répondant, il prit la main de Blanchefleur dans la sienne et la serra. Apparemment, Lancelot avait sillonné longtemps les landes désertes en compagnie de Galaad, essayant de retrouver le chemin de Corbenic, mais plus il cherchait, plus il s'égarait. Finalement, Galaad l'avait quitté et était parti de son côté. Comme beaucoup d'autres chevaliers, Perceval et Bors avaient exploré tous les recoins du pays sans trouver la moindre trace du Graal. Ensemble, ils avaient survécu à toutes sortes de dangers et de privations – qu'il écarta de la main comme si le seul fait d'y penser lui était pénible – jusqu'au jour où ils étaient tombés sur Corbenic par hasard.

– Mais rien n'est jamais vraiment dû au seul hasard, n'est-ce pas, messire ? dit-il avant de poursuivre. Galaad était déjà à Corbenic lors de notre arrivée, ainsi que Lancelot. Tous les quatre, nous fûmes les seuls chevaliers autorisés à voir le Graal. J'ignore pourquoi. Nous nous le passâmes de main en main, mais seul Galaad eut le droit d'y boire. Je me trouvais dans la chapelle de Corbenic lorsqu'il y plongea ses lèvres. Par la suite, nous trouvâmes son corps sans vie agenouillé à la table de communion, alors que son âme était montée au ciel, et le Saint-Graal avec elle. Mais cette histoire n'est pas entièrement triste, messire. Ce jour-là, après avoir tenu le Saint-Graal entre mes mains, après que nous eûmes enseveli Galaad, j'allai faire mes adieux au roi Pelles. Au moment où je lui serrais la main, sa vieille blessure guérit et il se leva pour la première fois depuis trente ans. Je ne peux pas expliquer ce prodige, je n'essayerai même pas. Le roi m'invita aimablement à demeurer quelque temps chez lui, et Blanchefleur joignit ses instances aux siennes. (Il lui sourit et serra sa main.) Comme vous voyez, je me laissai convaincre.

— Et Lancelot ? demandai-je. Qu'est devenu Lancelot ?

— Il est parti, répondit Perceval. Personne ne sait où il est allé, et je n'ai plus entendu parler de lui depuis.

Après cela, ils passèrent quelques jours à Camelot. Lorsque Guenièvre apprit qu'on était sans nouvelles de Lancelot, elle ne descendit même pas de sa chambre pour les saluer. Je priai Perceval de rester, mais il refusa. Le roi Pelles, bien que complètement rétabli de sa vieille blessure, était maintenant très âgé, et il avait besoin de son nouveau gendre à ses côtés. Perceval repartit bientôt pour devenir le seigneur de Corbenic, et je ne devais plus le revoir.

Bors fut le second à revenir. Il arriva en pleine nuit, et on l'amena dans ma chambre. Ayant toujours été d'un naturel taciturne, il ne raconta pas grand-chose sur ce qui lui était arrivé, si ce n'est qu'il était allé à Corbenic avec Perceval et avait tenu le Saint-Graal entre ses mains. Lorsque je l'interrogeai sur Lancelot, il me répondit seulement :

— Il est vivant.

Et, après réflexion, il ajouta :

— Il m'a chargé de vous dire qu'il vous aime toujours, mais qu'elle aussi, il l'aime toujours. Il vous promet qu'il ne reviendra jamais à Camelot.

— Ses promesses, je les connais, dis-je. Si jamais il s'avise de revenir, ce sera la guerre entre lui et moi.

— Je sais, messire, dit Bors. Lui aussi le sait, et tout le monde le sait. S'il revient, il nous faudra choisir entre vous deux.

— Et qui choisirez-vous, Bors ? demandai-je.

Mais il n'eut pas le temps de me répondre. Guenièvre se tenait sur le pas de la porte, pieds nus, une bougie à la main. Elle semblait être dans un état second, un peu comme une somnambule.

— Il n'est pas mort ? murmura-t-elle. Alors, il reviendra me voir. Je sais qu'il reviendra.

Les derniers jours
de Camelot

Un par un, les chevaliers revinrent de la quête du Saint-Graal : Gauvain, Lionel, Bors, Hector, Gareth, Gaheris et enfin Gryflet. Aucun d'eux n'apporta la moindre nouvelle de Lancelot et, pour moi, « pas de nouvelles » signifiait « très bonnes nouvelles ». Pour Guenièvre, au contraire, chaque réponse négative était un coup de poignard en plein cœur. Ses derniers espoirs s'évanouissaient rapidement. Elle commença à refuser de s'alimenter. À longueur de journée, jour après jour, elle restait cloîtrée dans sa chambre à se morfondre, et sa harpe se taisait tandis que sa vie s'étiolait. Le médecin la gavait de potions et lui appliquait force sangsues, mais rien de tout cela ne semblait améliorer son état.

— Pour vivre, déclara-t-il, il faut qu'elle ait envie de vivre.

Il n'existait qu'une seule façon de la sauver, une seule personne en était capable. Je le savais, et tout Camelot savait que je le savais. Je pouvais soit ne rien faire et la laisser dépérir dans sa tour, soit lui rendre

Lancelot. Je n'avais pas le choix. C'est pourquoi, un matin, je montai l'escalier de la tour et lui apportai moi-même son repas.

– Mangez, dis-je. Mangez, et j'enverrai chercher Lancelot. Nous le trouverons, je vous le promets. Mangez, et il reviendra.

Elle commença par détourner la tête et refuser de me croire. Je la sortis de son lit et la portai jusqu'à la fenêtre pour qu'elle voie tous les chevaliers partir en mission.

– L'un d'eux le retrouvera, dis-je.

Elle me regarda dans les yeux.

– Puis-je vous croire ? murmura-t-elle.

– Croyez et mangez, répondis-je.

Et elle mangea, un peu plus chaque jour, jusqu'à ce que ses joues reprennent leurs couleurs et que sa chevelure recommence à briller au soleil. Elle retrouva sa harpe, et les échos de sa douce musique retentirent à nouveau dans Camelot. Le printemps vint, et elle partit se promener à cheval comme elle l'avait toujours fait. Mais, aussitôt rentrée, elle me demandait :

– Il est là ? Quand va-t-il arriver ?

– Bientôt, répondais-je, moitié l'espérant, moitié le redoutant. Bientôt, je vous le promets.

Et elle me croyait. Elle avait maintenant en moi une confiance si aveugle que je ne pouvais pas la décevoir. Mais les chevaliers rentraient à Camelot et on était toujours sans nouvelles de Lancelot. Je n'osais pas le dire à Guenièvre, j'interdisais aux chevaliers de le lui dire. Au lieu de l'avouer, je mentais. Jour après jour, je mentais. Je lui racontais qu'on l'avait aperçu à tel endroit, qu'on avait relevé la trace de son passage à tel autre, qu'on ne mettrait sûrement plus bien longtemps à le retrouver et à le ramener au château. Et ses yeux me souriaient avec tant d'amour, tant de gratitude que cela me réchauffait le cœur et faisait fondre toute la jalousie et toute la haine que j'avais nourries si longtemps. Au point que, moi aussi, je finis par avoir hâte de revoir Lancelot.

Mais au bout de quelque temps, je vis de moins en moins Guenièvre. Maintenant qu'elle avait recouvré la santé, elle partait souvent à la chasse au faucon de l'aube au crépuscule. Je finis par m'inquiéter de la savoir toujours seule, et je lui proposai de l'accompagner ou de la faire escorter par l'un de mes chevaliers, à son gré.

— Je ne risque rien, me répondit-elle, mais j'emmènerai l'une de mes dames de compagnie, si vous le désirez.

Et dorénavant, chaque soir, je la voyais franchir le portail avec sa dame de compagnie à ses côtés, et la cour d'honneur retentissait de leurs joyeux éclats de rire. Je crois que je ne l'avais jamais vue aussi heureuse. Qui plus est, elle ne s'informait pratiquement plus de Lancelot, et je me berçais de l'espoir qu'elle commençait à l'oublier.

Un soir, j'étais assis dans ma chambre lorsque Bercelet, qui somnolait devant la cheminée à côté de moi, s'éveilla brusquement en grondant, babines retroussées et poil hérissé. J'entendis chuchoter derrière ma porte, et on frappa. À la tonalité du grondement de Bercelet, je devinai que c'était Mordred. Mais il n'était pas seul. Agravaine entra dans la pièce sur ses talons. Le sourire de Mordred prouvait qu'il m'apportait de mauvaises nouvelles.

— Nous avons pensé que vous souhaiteriez être informé, messire, dit-il. Lancelot est retrouvé. En fait, c'est nous qui l'avons découvert, n'est-ce pas, Agravaine ?

— Où cela ? Où est-il ? interrogeai-je, assailli par un sombre pressentiment.

— Pas loin, répondit Mordred. On peut même dire qu'il est tout près, pas vrai, Agravaine ? (Agravaine acquiesça timidement, et Mordred continua.) Je crains que ce ne soit pas tout, messire. Voyez-vous, lorsque nous l'avons trouvé, il n'était pas seul, pas vrai, Agravaine ? Il était en bonne compagnie. Pourquoi le cacher au roi, Agravaine ? Allez, dites-le-lui. Dites au roi avec qui il était.

Je le savais déjà, et je fermai les yeux en étouffant le sanglot qui me montait à la gorge.

— J'estime qu'un mari a le droit de savoir à quoi son épouse consacre ses journées. Pas vous, messire ? (Il jubilait.) N'ayez pas peur, Agravaine. Le roi désire être informé. Dites-le-lui.

— Avec Guenièvre, bredouilla péniblement Agravaine.

En rouvrant les yeux, je vis Mordred lui tapoter le dos.

— Eh bien, voilà, dit-il. Ce n'était pas si difficile, n'est-ce pas ? (Il me sourit triomphalement.) Nous avons pensé qu'il fallait vous prévenir. Je veux dire que c'était l'opinion générale. Parce qu'il y a des semaines que cela dure. Toutes ces chasses au faucon ! Je suis persuadé qu'elle se livrait à toutes sortes d'activités, mais cela m'étonnerait que la fauconnerie soit du nombre.

Je bondis de mon siège en poussant un hurlement de douleur et le frappai en pleine figure avec une telle violence qu'il recula en titubant jusqu'à la porte. Il souriait toujours en essuyant le sang qui lui coulait de la bouche.

— Ce n'est pas moi que vous avez envie de tuer, n'est-ce pas, messire ?

— Vous connaissez sa cachette ? lui demandai-je.

Il hocha la tête.

— Alors, prenez une douzaine d'hommes et faites le nécessaire.

Mordred secoua la tête en faisant claquer sa langue contre ses dents.

— Vous vous égarez, messire. Vous voulez que cela ait l'air d'un assassinat ? C'est de justice que vous avez besoin, n'est-ce pas ? Surprenez-les ensemble, sur le fait, et emparez-vous d'eux vivants. Là, le bon droit sera de votre côté, et la loi également. Or, la loi stipule que les adultères doivent périr sur le bûcher, non ? Et nous devons tous nous soumettre à la loi, vous nous l'avez assez répété, messire : il ne doit pas y avoir une loi pour les riches et une autre loi pour les pauvres, vous vous souvenez ? La reine doit mourir, messire, et Lancelot également.

Peu m'importait la manière dont ils mourraient. Tout ce que je voulais, c'était que ce soit fait, et vite, avant que je ne faiblisse.

– Alors, suivez-la, dis-je. Suivez-la demain matin, quand elle partira chasser. Si vous les trouvez ensemble, arrêtez-les et que la loi suive son cours.

Je restai éveillé toute la nuit. J'avais oublié comment on pleure.

Le lendemain, il faisait un temps radieux, limpide et ensoleillé. De ma chambre, je regardai Guenièvre monter à cheval avec sa dame de compagnie et sortir de la cour avec un faucon sur le poing. Je faillis l'appeler par la fenêtre pour la prévenir. Peu après, Mordred et ses chevaliers lui emboîtèrent le pas. Je restai enfermé dans ma chambre durant des heures à broyer du noir. Peu avant le coucher du soleil, j'entendis un brouhaha en bas, dans la cour, mais je ne pus me décider à m'approcher de la fenêtre. Toute la journée, je m'étais efforcé de ne pas les imaginer ensemble : ce n'était pas pour les voir maintenant côte à côte. Mordred fit irruption dans ma chambre. Il ne souriait plus. Son visage était ensanglanté, et son bras droit pendait à son côté, inerte.

– Il s'est échappé, messire, haleta-t-il. Lancelot s'est échappé. Il a tué Agravaine ! Il a exterminé sept d'entre nous et s'est enfui dans la forêt. Nous avons perdu sa trace.

– Et Guenièvre ?

– Nous la tenons, dit-il. Et elle doit brûler, messire. Elle doit brûler !

– Non ! s'exclama Gauvain sur le pas de la porte et il écarta Mordred. Ne faites pas cela, messire. Bannissez-la, emprisonnez-la, mais ne l'envoyez pas au bûcher.

– Vous étiez au courant, Gauvain, dis-je. Vous saviez ce qui se passait et vous ne m'avez rien dit.

– Parce que je devinais comment cela finirait, messire, riposta Gauvain. Quand vous sauriez à quoi vous en tenir, quand votre infortune serait devenue publique, il faudrait que la reine soit punie. (Il se tourna rageusement vers Mordred.) Toutes les vérités ne sont pas bonnes à dire, Mordred.

– Il se peut que vous ayez raison, Gauvain, acquiesçai-je, mais ce qui est dit ne peut plus être dédit. La reine doit mourir.

– Mais vous ne pouvez pas faire cela, messire, plaida Gauvain en tombant à genoux.

– Je ne peux pas ! m'écriai-je. Suis-je encore le roi, oui ou non ? Elle montera sur le bûcher demain, à l'aube. La loi est la loi. Et quand nous retrouverons Lancelot, il brûlera également. Ils m'ont trompé pour la dernière fois.

Toute la soirée, les chevaliers défilèrent devant moi pour m'implorer d'épargner la vie de Guenièvre : Gareth, Gaheris, Bors, Kay, Gryflet et beaucoup, beaucoup d'autres. Mais mon cœur avait la dureté de la pierre et je restai sourd à leurs supplications. La dame de compagnie de Guenièvre vint également me trouver et arrosa mes pieds de ses larmes.

– Allez au moins la voir, messire. Elle sait qu'elle

vous a fait injure et désire seulement faire la paix avec vous avant de mourir.

Mais il m'aurait suffi de voir Guenièvre pour que ma résolution fléchisse, et je renvoyai la dame de compagnie sans un mot de réconfort.

L'aube suivit la nuit la plus longue de toute mon existence. Une foule silencieuse, en larmes, emplissait la cour. On avait dressé le bûcher non loin du portail. Je regardai de ma chambre, mais en restant en retrait pour ne pas être vu. Gaheris et Gareth, les frères de Gauvain, firent traverser la cour à Guenièvre. Elle était aussi pâle que sa chemise de nuit de lin blanc, mais elle n'avait nul besoin d'être soutenue. Elle marchait d'un pas ferme, la tête haute. Jamais je ne l'avais autant aimée, ni autant détestée. Mordred l'attacha lui-même au poteau, et je la vis remuer les lèvres lorsqu'elle murmura une dernière prière.

Il avait la torche enflammée à la main lorsque Lancelot franchit le portail au triple galop, encadré de ses deux frères, Lionel et Hector, et leurs épées tournoyantes tailladèrent et sabrèrent la foule hurlante. Affolés, les gens se piétinaient les uns les autres ou s'écrasaient contre les murs. Je restai pétrifié d'horreur devant le bain de sang qui se déroulait à mes pieds. Je vis Lancelot faucher Gaheris et Gareth avant d'atteindre le bûcher et de cisailler les cordes. En deux temps et trois mouvements, il enleva Guenièvre, la posa sur son cheval et se fraya un chemin vers le portail à travers la foule, Lionel et Hector sur ses talons, en laissant la cour jonchée de blessés gémissants et de cadavres silencieux.

Je trouvai Gauvain agenouillé auprès de ses frères morts, se balançant d'avant en arrière, la tête entre les mains. Il leva vers moi des yeux où la stupeur était en train de faire place à la colère.

– Ils n'étaient même pas armés, messire, dit-il sans desserrer les dents et ravalant ses larmes. Il n'avait pas besoin de les tuer. Il n'en avait pas le droit. C'était ses amis.

Et Gauvain baissa la tête et pleura comme un enfant.

Mordred vint me trouver.

– Regardez ce que vous a fait votre reine, dit-il. Regardez ce qu'a fait le noble et valeureux Lancelot. Maintenant, vous savez où sont vos véritables amis, messire.

Gauvain se releva d'un bond.

– Je ne verserai plus une larme sur eux avant de les avoir vengés, dit-il, avant de voir le cadavre de Lancelot gisant à mes pieds. (Il se tourna vers moi.) Ne perdons pas de temps, messire, courons-lui sus.

Une tempête d'exhortations s'éleva autour de moi.

– À mort Lancelot ! criait la foule.

Je levai la main pour réclamer le silence.

– Chaque chose en son temps, dis-je. Commençons par ensevelir nos morts et soigner nos blessés. Poursuivre Lancelot peut attendre à demain.

Ce fut une erreur. Avant le lendemain, près de trente de nos chevaliers avaient déserté pour rejoindre Lancelot. Ils s'étaient éclipsés à la faveur de la nuit. Bors était du nombre, et Gryflet également. Je n'avais

pas prévu cela, pas après ce qu'avait fait Lancelot. Je n'en comprenais pas la raison, mais Bedivere, lui, la comprenait.

– C'est la reine qu'ils aiment, messire, dit-il, pas seulement Lancelot. Et vous vous apprêtiez à la brûler vive. Vous les avez contraints à choisir.

Il avait raison, évidemment.

Le lendemain, une fois nos morts bénis et enterrés, je quittai donc Camelot à la tête de l'armée, flanqué de Gauvain d'un côté et de Mordred de l'autre. Au moment où nous partions, deux busards tournoyèrent au-dessus de nos têtes en faisant retentir les marais de leurs cris aigres. Un troisième rapace vint se joindre à eux et, pendant un moment, ils volèrent ensemble, s'élevant, piquant et planant de concert. Et puis l'un d'eux resta seul. Abandonné par ses amis, il explora les cieux à leur recherche en poussant des cris plaintifs. Gauvain interrompit mes réflexions.

– Ne soyez pas si triste, messire, me dit-il. On les retrouvera.

Gauvain avait raison. Nous les retrouvâmes même plus vite que nous n'avions osé l'espérer. Nous entendîmes dire que Lancelot avait conduit Guenièvre à Joyeuse Garde, son château du pays de Galles. C'était donc qu'il ne se sentait pas suffisamment fort pour nous affronter en terrain découvert. Il cherchait à se mettre à l'abri. Nous l'y suivrions et l'obligerions à sortir de son terrier, soit en l'enfumant, soit en l'affamant.

Pendant de longs mois, nous assiégeâmes Joyeuse Garde. Jamais personne n'y entra, jamais personne n'en sortit. Nous allumions des feux au pied des murailles, nous tirions jour et nuit des flèches enflammées par-dessus les remparts, nous traînions des charognes dans les ruisseaux avoisinants pour empoisonner leur eau. Sachant à quel point ils devaient commencer à souffrir de la faim, nous faisions rôtir des bœufs en espérant que leur fumet les inciterait à sortir. Chaque jour, Mordred s'attendait à les voir capituler, mais je savais – et Gauvain savait également – que Lancelot était d'une autre trempe. Et puis vinrent les premiers signes de fléchissement, les premiers déserteurs franchissant les remparts de nuit pour venir dans notre camp quémander de la nourriture. Par eux, nous apprîmes leur état de délabrement et d'inanition – ils en étaient réduits à manger leurs chevaux – et comprîmes que tôt ou tard, et plus probablement tôt que tard, Lancelot serait contraint de sortir et de se battre. À moins qu'il ne préfère sortir et se rendre.

Et, un matin, nous le vîmes apparaître sur les remparts. Guenièvre était à côté de lui, et ce fut la première fois que je la regardai en face. Gauvain et moi nous avançâmes pour parlementer.

– Vous ne vous emparerez jamais de Joyeuse Garde, dit Lancelot. Personne n'y est jamais parvenu.

– Pourquoi ne pas sortir et vous battre ? demandai-je. En combat singulier, seulement vous et moi. C'est notre querelle, la vôtre et la mienne. Vous m'avez volé mon épouse et quasiment détruit mon royaume. Il est temps de régler cette affaire entre nous.

– Non, répondit Lancelot. Je suis prêt à combattre

n'importe qui, sauf vous. Vous étiez le meilleur ami que j'aie jamais eu, et vous êtes toujours mon roi.

– Hypocrite ! s'exclama Gauvain suffocant de fureur. Vous, un chevalier de la Table ronde, vous avez tué mes frères alors qu'ils étaient sans armes et sans défense, vous assassinez vos amis, vous trahissez votre roi, vous prenez la femme d'un autre. Jusqu'à quel niveau d'abjection vous abaisserez-vous ! Sortez et battez-vous, maudit ! Cessez de vous cacher dans votre trou comme un lapin.

La diatribe de Gauvain dut porter car, cet après-midi-là, Lancelot sortit à cheval de Joyeuse Garde, suivi de toute son armée. Nous étions prêts à les recevoir. Beaucoup de ses hommes étaient à pied et je pensais les écraser sans peine, mais ils se battirent comme des lions. On ne fit pas de quartier et nul n'en demanda. Aucune guerre n'est plus cruelle, plus implacable qu'une guerre civile. Ce jour-là, je combattis et tuai des hommes avec lesquels j'avais passé ma vie. Nous avions mangé ensemble, ri ensemble, chanté ensemble. C'était mes amis. Je les abattis l'un après l'autre, et il s'en présentait toujours un nouveau, les traits convulsés par la haine et la soif de sang.

Épuisé et écœuré de tuer, je me reposais un instant, appuyé sur Excalibur, lorsque Bors se dressa devant moi, brandissant son sabre au-dessus de sa tête, et je n'eus ni le désir ni la force de dévier le coup. J'esquivai, mais pas assez vite. Il me jeta par terre en me faisant sauter Excalibur des mains et me domina de toute sa taille, un pied posé sur ma poitrine, les dents grinçantes et les yeux lançant des éclairs.

– Arrêtez ! tonna la voix de Lancelot par-dessus le champ de bataille.

– Laissez-moi l'achever, dit Bors.

– Si vous faites cela, c'est moi qui vous achèverai, cria Lancelot. C'est mon roi et le vôtre. Arrière, vous dis-je.

Il m'aida à me relever. Aussi incapables de parler l'un que l'autre, nous restâmes un instant à nous regarder les yeux dans les yeux.

– Je vous ai causé un si grand tort, messire, finit-il par dire, que je ne peux pas espérer que vous me pardonnerez jamais. Mais je ne pouvais pas vous laisser la brûler vive, vous devez bien vous en rendre compte. Dites que vous lui pardonnez, et vous pourrez la reprendre. Je m'exilerai au-delà des mers, à Château-Benwick, mon domaine de France, et vous n'entendrez plus jamais parler de moi. Pardonnez-lui, messire, et elle est de nouveau tout à vous.

Autour de nous, le tumulte de la bataille cessa, et nous fûmes bientôt entourés par ce qu'il restait de nos deux armées. Rivés aux miens, les yeux de Lancelot m'adjuraient.

– Cela n'a jamais été sa faute, messire, toujours la mienne. C'est moi qui l'ai séduite. Son seul péché a été d'aimer deux hommes, messire, deux hommes qui, naguère, étaient les meilleurs amis du monde. Promettez-moi de l'épargner, et je m'en irai pour toujours. Je vous en donne ma parole de chevalier.

– Votre parole de chevalier ! s'exclama Gauvain. N'avez-vous pas trahi votre serment de chevalerie en abattant de sang-froid mes frères désarmés ? Eh bien, aujourd'hui, Lancelot, c'est moi qui ai abattu l'un de vos frères. Je me suis battu contre Lionel et je l'ai tué, mais c'était après vous que j'en avais. J'aurai ma revanche, peu importe que ce soit ici ou ailleurs. Pour vous, Lancelot, il n'existe aucun refuge.

– Alors, mon cœur saigne pour Lionel, dit tristement Lancelot, comme pour tous les preux qui sont tombés aujourd'hui. Je ne vous reproche pas sa mort. Quant à Gareth et Gaheris, je frappais à l'aveuglette. Je ne savais même pas que je les avais tués. Il fut un temps où nous étions tous des amis. En souvenir de cette amitié, pardonnez-moi.

– Jamais ! s'écria Gauvain. Jusqu'à mon dernier souffle.

Et il se serait jeté sur Lancelot sans plus attendre si je ne l'avais pas retenu.

– Assez de tuerie pour aujourd'hui, dis-je. Faites sortir la reine et finissons-en.

Ainsi prit fin la bataille de Joyeuse Garde mais, comme dans toutes les batailles, les seuls véritables vainqueurs furent les corbeaux. Lancelot partit au-delà des mers, en France, et je ramenai Guenièvre à Camelot. Les villageois s'attroupèrent le long des ruelles sinueuses montant jusqu'au château, comme ils le faisaient toujours quand nous revenions d'une campagne mais, cette fois, il n'y eut ni acclamations ni vivats. Dorénavant, nous n'étions plus mari et femme que de nom. Ce n'était qu'une façade, et ils en étaient parfaitement conscients. Guenièvre était ma prisonnière, et j'étais son geôlier. Mais nous étions néanmoins en paix, au moins pour quelque temps.

Il y a quelque chose d'inéluctable dans un orage : l'accalmie pendant laquelle l'air devient lourd, pesant, la lumière qui baisse lorsque les nuages noirs s'amoncellent, l'inquiétant souffle tiède qui précède la tempête et, soudain, les premières grosses gouttes de pluie. On ne peut pas lutter, on ne peut pas fuir. On ne peut qu'attendre et subir. On a hâte d'en voir la fin. On sait que cela passera, que le ciel redeviendra limpide et que le monde entier sera frais et pimpant. Je savais que c'était l'embellie précédant la tempête.

Il n'y avait pas de rancune entre Guenièvre et moi. Confinés chacun dans son chagrin, nous menions des existences séparées. C'était préférable, car nous ne pouvions pas nous parler, ni même nous regarder, sans être ulcérés. Je me souviens que Merlin m'avait dit un jour que l'amour est comme un rocher : on peut l'ébrécher mais, à la longue, le granit le plus dur finit par se lézarder et s'effriter. Notre rocher était fissuré, mais pas encore en morceaux.

Jour après jour, le nombre des convives assis autour de la Table ronde s'amenuisait. Je me doutais de l'endroit où ils se rendaient, mais je ne voulais pas qu'on me le dise. Mordred me le révéla quand même, et en public, afin que tout le monde sache que je le savais.

– Ils se rassemblent autour de lui de toute la Bretagne, dit-il. Vous aviez réellement imaginé que Lancelot resterait là-bas, en France, sans rien faire ?

Maintenant, son ton ne me témoignait plus guère de respect, pas même une déférence ironique, et j'en connaissais fort bien la raison. Lancelot n'était pas le seul à s'entourer d'alliés. La bande de Mordred, sa clique de comparses cancaniers, augmentait aussi de jour en jour. Il avait du pouvoir, maintenant, et il en usait.

— Il faut y aller avant qu'il ne soit trop tard, m'exhortait-il, avant qu'il ne devienne trop puissant. En votre absence, je resterai ici pour veiller sur votre royaume. Vous n'avez pas peur de lui, n'est-ce pas, messire ?

Gauvain ne fit jamais partie des amis de Mordred, mais lui aussi m'encourageait à faire la même chose. Il avait ses propres raisons et ne les cachait pas.

— Plus tôt nous lui aurons réglé son compte, messire, mieux cela vaudra, disait-il. Chaque jour que cet individu passe sur cette terre est un jour de trop. Auriez-vous oublié que c'est un assassin et un traître ? Ce qu'il a fait une fois, il le refera. Croyez-moi, messire : plus vous attendez, plus longtemps vous restez ici, à Camelot, plus vous vous affaiblissez et plus il devient puissant.

Je n'avais personne à qui demander conseil, personne à qui me confier, en dehors de Bercelet. Je lui parlais dans l'intimité de ma chambre à coucher.

— Répondez-moi, Merlin, lui disais-je en regardant au fond de ses grands yeux gris. J'ai besoin de vous. Aujourd'hui plus que jamais, j'ai besoin de vous. Dites-moi ce que je dois faire, je vous en prie.

Et Bercelet geignait – par sympathie, je suppose –, mais ne me transmettait pas le moindre message magique de sagesse. J'étais seul. Je ne pouvais me fier à personne, ni aux regards sournois de Mordred, ni aux machinations vengeresses de Gauvain mais, dans un sens, ils avaient tous deux raison : je ne pouvais pas continuer à attendre sans rien faire. Le bateau faisait eau de partout. La pourriture s'y mettait. À la cour, le roi était publiquement accusé – et par mon propre fils – d'avoir perdu ses moyens comme il avait perdu son épouse, d'être trop vieux et de ne pas oser affronter Lancelot. Il flottait dans l'air une odeur de rébellion. Il fallait que j'y aille. Je devais faire mes preuves.

C'est pourquoi je confiai à Mordred le soin de gouverner le royaume et quittai Camelot à la tête de l'armée. En me retournant sur ma selle pour regarder le château une dernière fois, j'aperçus une chouette blanche qui décrivait des cercles au-dessus de la tour de Guenièvre. Voir une effraie voler en plein jour est signe de malheur. Je frissonnai et me détournai. Et je sus, à ce moment-là, que je ne reverrais jamais ni Guenièvre ni Camelot.

Château-Benwick est situé dans la province française de Bretagne, non loin de la côte. Nous l'assiégeâmes comme nous avions assiégé Joyeuse Garde mais, cette fois, Lancelot sortit parlementer presque tout de suite.

– Pourquoi être venu ici, messire ? me demanda-t-il. Je ne vous ai pas menacé. J'ai tenu parole et suis resté en France. Pourquoi nous battrions-nous ? Vous et moi n'avons plus aucun motif de querelle. Alors, pourquoi ne pas me laisser en paix ?

– Après ce que vous avez fait ! rugit Gauvain. Nous vous traquerons jusqu'au bout du monde s'il le faut. Les âmes de mes frères crient vengeance, et elles seront vengées. Armez-vous et combattez. Réglons cette affaire d'homme à homme.

Lancelot soupira et secoua tristement la tête.

– Je ne veux pas être obligé de vous tuer, Gauvain, mais si je dois vous affronter, je le ferai. Je vais me préparer.

Les deux armées regardèrent en silence les deux chevaliers se charger, la lance en arrêt. Au début, Gauvain l'emporta sur Lancelot. Gringolet, son grand destrier noir, traversa le champ clos dans un bruit de tonnerre et bouscula le cheval de Lancelot, renversant monture et cavalier. Gauvain, toujours chevaleresque malgré sa fureur vengeresse, attendit que Lancelot se soit relevé. Ils se ruèrent alors l'un sur l'autre avec une violence si effrayante que de nombreux spectateurs durent détourner les yeux. C'était deux des chevaliers les plus aguerris et les plus braves que le monde ait jamais connus, deux vieux amis, et ni l'un ni l'autre n'arrêterait le combat avant que son adversaire ne soit mort. Chaque coup d'épée, chaque blessure était un clou de plus dans le cercueil du royaume de Logres. Un terrible revers fit voltiger le bouclier de Gauvain, qui atterrit à mes pieds, et le coup suivant l'allongea sur le sol, le crâne fendu. Je me précipitai pour arrêter le combat, mais Lancelot avait déjà jeté son épée.

– Gardez votre vie, Gauvain, dit-il, je ne saurais qu'en faire. (Il se tourna vers moi.) Comment va Guenièvre, messire ?

– Pas trop mal, répondis-je.

– Et vous-même, messire ?

– Je suis fatigué, dis-je. Vieux et fatigué.

Lancelot avança une main et me prit par le bras.

– Rentrez vite, messire, dit-il d'un ton pressant. Il paraît que vous avez laissé Mordred gouverner à votre place. Comment avez-vous pu faire une chose pareille ? Avez-vous oublié quel enfant il a été ? En des temps plus heureux, lorsque vous m'aimiez, lorsque vous me faisiez confiance, vous m'avez un jour révélé votre secret… au sujet de Mordred, vous vous souvenez ? Je n'en ai jamais parlé à Guenièvre, vous savez, bien que l'envie m'en ait souvent pris, croyez-moi. Vous m'avez raconté la façon dont la fée Morgane avait introduit cette nuit-là Margawse dans votre couche. Vous n'avez donc pas compris dans quel but ? Cet enfant a été conçu à seule fin de vous détruire. Par son intermédiaire, elle est en train de gagner sa machination pour vous dépouiller de votre royaume. C'est lui qui vous a poussé à m'attaquer, n'est-ce pas ? Et si je ne me trompe, c'est sûrement Mordred lui-même qui a proposé de rester à Camelot. Il veut votre royaume, messire. C'est Mordred que vous devriez combattre, pas moi.

Je dégageai mon bras. Tout cela était désagréablement proche de la vérité, et je ne voulais pas en entendre davantage. Je demandai de l'aide, et nous transportâmes Gauvain dans ma tente. Sa plaie était profonde et béante. Durant des jours et des jours, il délira, à deux doigts de la mort. Je restai à son chevet, espérant une fin rapide. Mais son esprit refusa de laisser périr son corps. Je m'étais assoupi sur mon siège. Lorsque j'ouvris les yeux, il était en train de se redresser et me regardait.

– Nous perdons du temps, messire, dit-il, et dans ses yeux brillait toujours la fièvre du combat. Où est mon armure ? Où est mon épée ?

Si bien que le siège de Benwick s'éternisa, émaillé d'escarmouches, de coups de main, d'embuscades et de maladies, tous plus meurtriers les uns que les autres. Hector, le frère survivant de Lancelot, fut abattu par Gauvain sous les murs du château, et son cadavre traîné triomphalement par les pieds jusque dans notre camp. Lancelot sortit avec un drapeau blanc pour réclamer le corps.

– Alors, Gauvain, nous sommes quittes, maintenant ? demanda-t-il en fermant les yeux d'Hector. Vous voilà satisfait ?

Et Gauvain ne trouva rien à lui répondre.

Ce fut pendant que Lancelot était là qu'arriva le messager de Guenièvre, porteur de la nouvelle que je redoutais le plus. Mordred s'était proclamé roi et annonçait au monde entier la mort d'Arthur Pendragon. Quiconque lui résistait était massacré. Guenièvre s'était enfuie à Londres avec mon frère, Kay, et Mordred était aux portes de la ville, la réclamant comme reine.

— Laissez-moi vous accompagner, messire, dit Lancelot.

— Je n'ai pas besoin de vous, répondis-je en sachant pertinemment que c'était faux, mais en étant incapable de l'admettre. Je peux veiller sur ma femme sans votre aide, et sur mon royaume également.

— Alors, que Dieu vous bénisse et vous sauve, messire, dit-il tristement. Je pense que nous ne nous reverrons plus, du moins sur cette terre.

Et Lancelot rentra dans son château, le corps de son frère en travers de sa selle.

Laissant nos malades et nos blessés à la garde de Lancelot, nous levâmes le siège et regagnâmes en hâte nos bateaux. Ce fut une armée délabrée qui accosta à Douvres. Nous avions perdu près de la moitié de notre effectif, ensevelie dans la terre de France, et nous savions qu'il nous restait à livrer la plus rude de toutes les batailles. À peine avions-nous débarqué que Mordred nous attaqua. Acculés, le dos à la mer, nous luttâmes longuement, désespérément. Je restai épaule contre épaule avec Gauvain, et Excalibur fit des ravages parmi les hommes de Mordred, qui finirent par se lasser de ce carnage, tournèrent casaque et s'enfuirent.

Je crus tout d'abord que Gauvain s'était agenouillé pour remercier Dieu de notre victoire, mais quand il arracha son casque, je vis que sa blessure s'était rouverte et, en le prenant dans mes bras, je compris qu'il était mourant. Il se cramponna à moi en me tâtant le visage.

– Je suis aveugle, dit-il en cherchant le ciel des yeux. Je ne vous reverrai plus, n'est-ce pas, messire ? (Je n'eus pas le courage de lui répondre.) Alors, faites quelque chose pour moi, messire : écrivez à Lancelot. Dites-lui qu'en mourant, mon dernier vœu a été de faire la paix avec lui. Demandez-lui de me pardonner comme je lui pardonne, et dites-lui de venir, messire. Dites-lui que, sans son aide, nous sommes perdus. Écrivez, messire. Écrivez tout de suite, pendant que je respire encore.

Je m'accroupis à côté de lui sur le rivage, rédigeai sa lettre à Lancelot et la lui lus à haute voix. Il eut tout juste assez de force pour tendre la main et toucher mon bras pour me remercier avant de fermer les yeux et de mourir au son des cris aigres des mouettes. Nous ne nous attardâmes que le temps d'enterrer Gauvain et nos autres morts dans la chapelle de Douvres. Je chargeai un messager de confiance de reprendre la mer et de regagner la France avec la lettre de Gauvain, et nous nous lançâmes à la poursuite de Mordred de toute la vitesse de nos chevaux. Lorsque nous traversions un village, les paysans arrivaient en courant pour nous acclamer, et certains d'entre eux se joignaient à nous. C'était de nouveau comme au bon vieux temps, quand nous partions combattre les Saxons à Mount Bladon. Une fois de plus, j'étais leur sauveur. Une fois de plus, ils me chérissaient.

Mon fils, Mordred – cela me fait encore mal de l'appeler ainsi – le tyran, Mordred, avait tracé une piste d'incendies et de pillages à travers mon royaume. Il se dirigeait vers l'ouest en laissant derrière lui un long sillage de dévastations. Nous suivîmes sa trace fumante d'un bout à l'autre de la Bretagne. J'aurais aimé passer par Londres pour voir Guenièvre, mais cela faisait un long détour et, d'ailleurs, il ne pouvait plus lui faire de mal.

Nous fûmes bientôt sur les talons de Mordred, harcelant ses traînards et ramassant ses déserteurs. À marche forcée, nous traversâmes le Wessex, franchîmes la Tamar et parcourûmes les landes désertes de la Cornouailles. Il ne pouvait plus s'enfuir ni se cacher nulle part. Chaque fois que nous arrivions au sommet d'une colline, nous nous attendions à tomber sur son armée. Chaque fois que nous traversions une forêt, nous redoutions une embuscade. Chaque nuit, autour des feux de camp, nous affûtions nos armes et endurcissions nos cœurs par des récits et des chansons. Las de cette longue marche, nous souhaitions maintenant l'affrontement pour venger le décès de Gauvain et voir l'usurpateur mort. Peu nous importait que son armée fût probablement plus nombreuse que la nôtre. Tous les rebelles du pays s'étaient apparemment regroupés sous son étendard, pendant sa retraite à travers la Bretagne. Il avait avec lui des Irlandais, et même des Saxons honnis. Tous faisaient cause commune contre nous. Mais chaque jour qui passait renforçait notre détermination.

Ce fut Bedivere, galopant comme toujours devant en éclaireur, qui les aperçut le premier. Il me fit signe de le rejoindre sur la crête d'une colline. Je crus voir les flots scintiller au soleil couchant, seulement ce n'était pas la mer, c'était une mer d'armures, d'épées et de casques tapissant à perte de vue le fond d'une vallée.

– Comment s'appelle cet endroit ? demandai-je.

– La vallée de Camlaan, messire, me répondit Bedivere, et ce nom me rappela quelque chose, mais je n'aurais pas su dire quoi.

– Nous camperons ici et attaquerons au lever du soleil, dis-je. Au moins, nous aurons l'avantage de la surprise. En dévalant le versant à contre-jour, nous serons sur eux avant qu'ils n'aient compris ce qui leur arrive.

Cette nuit-là, nous n'allumâmes pas de feux de camp. Nous chuchotâmes, nous enveloppâmes nos épées et nos lances, et nous conduisîmes les chevaux à bonne distance, dans un bois. Rien ne devait trahir notre présence. Je n'ai jamais bien dormi la veille d'une bataille : c'était probablement dû à l'excitation autant qu'à la peur. Bercelet semblait également énervé. Toute la nuit durant, il resta assis à côté de moi, les oreilles dressées, comme s'il attendait quelqu'un.

Je dus m'assoupir un instant car, alors que j'étais seul dans ma tente avec Bercelet, j'eus soudain conscience d'une présence. Bien que je n'aie ni vu ni entendu entrer qui que ce soit, il y avait un homme au pied de mon lit. Il fallut qu'il s'avance vers moi pour que je croie le témoignage de mes sens.

– Qui êtes-vous ? demandai-je.

– Bercelet m'a reconnu, répondit-il et il gratta la tête du chien à l'endroit que celui-ci affectionnait particulièrement.

Il s'approcha davantage, et je vis que c'était Gauvain.

— Mais vous êtes mort, murmurai-je.

— Je sais, messire, acquiesça-t-il et sa voix semblait venir de très loin. C'est d'autant plus regrettable que vous n'avez jamais eu autant besoin de moi. Je suis venu vous avertir, messire. Si vous attaquez Mordred demain, ce sera votre fin et celle de tout espoir pour un millier d'années au moins. Les Saxons nous envahiront de nouveau, et la Bretagne sera plongée dans une ère de ténèbres.

— Je ne comprends pas, Gauvain, dis-je. Vous étiez invariablement partisan d'attaquer, toujours attaquer.

— Raison de plus pour m'écouter aujourd'hui, messire, riposta-t-il. Lancelot a débarqué à Douvres et n'est plus qu'à une semaine de marche derrière vous. Attendez-le. Il fera plus que doubler vos forces. Avec lui à vos côtés, vous pouvez jeter Mordred à la mer. Sans lui, vous êtes perdu. Faites-moi confiance, messire, et attendez Lancelot.

— Comment le pourrais-je ? demandai-je. Il m'est peut-être possible de dissimuler mon armée durant une nuit, mais pas pendant une semaine.

— Il faut parlementer, dit Gauvain. Promettez-lui ce que vous voudrez, mais évitez à tout prix de combattre demain. Je ne peux pas rester, je ne peux pas...

Il parlait encore lorsqu'il s'évanouit dans l'obscurité.

Aux premières lueurs du jour, j'envoyai un messager au camp de Mordred pour proposer à celui-ci de nous rencontrer en terrain neutre, sous la protection d'un drapeau blanc, escortés d'un seul chevalier chacun. Il accepta mais, avant de partir avec Bedivere, je rassemblai mes chevaliers et leur donnai mes instructions :

— Faites aligner tous les hommes le long de la crête, mais à plusieurs pas de distance les uns des autres, afin que nous paraissions plus nombreux que nous ne le sommes en réalité. Dites-leur de taper à toute volée sur leur bouclier pendant que je descendrai rencontrer Mordred : je veux le terroriser. Mais ne les laissez pas charger, à moins que vous ne voyiez apparaître une épée à proximité du drapeau blanc : ma confiance en Mordred est des plus limitées. Si jamais vous voyez scintiller une lame nue, alors découplez les chiens et laissez la meute se ruer comme une bande de loups affamés. Et que personne ne rengaine son épée avant que le cadavre de Mordred ne gise sur le champ de bataille.

C'est avec mon armée déployée sur la crête, derrière mon dos, que je descendis la colline en compagnie de Bedivere, portant un drapeau blanc à la pointe de sa lance, et de Bercelet, qui nous suivit en gambadant entre nos chevaux, j'essayai de le renvoyer, mais il ne voulut rien entendre. Autour de moi, la vallée s'emplit du fracas assourdissant de dix mille hommes tambourinant sur leur bouclier. Devant nous se tenaient l'armée silencieuse de Mordred et Mordred lui-même, flanqué de son chevalier, galopant vers nous dans les broussailles.

— Alors, mon vieux ricana-t-il en arrêtant son cheval, on vient capituler ?

— Il y a déjà eu trop de sang versé, répondis-je. Je suis

venu vous offrir la moitié de mon royaume en échange de la paix. Le reste sera à vous quand je mourrai.

Pendant un instant, cette proposition le laissa pantois, puis il sourit.

— Tandis que si je vous tue aujourd'hui, j'aurai la totalité tout de suite.

— Si je meurs aujourd'hui, lui répondis-je, vous mourrez également, je vous le certifie. À ce moment-là, vous n'aurez rien du tout. Et comme vous pouvez le voir et l'entendre, nous sommes prêts à en découdre, si c'est là ce que vous désirez.

Ses yeux se fixèrent sur l'horizon, derrière moi, et il plissa un instant les paupières.

— Très bien, dit-il, mais c'est dommage. Je me réjouissais à l'idée de vous tuer, vous et votre vieux chien. Mais les vieux chiens, comme les vieux hommes, meurent vite. Je peux attendre.

Bercelet fourrageait dans les broussailles en remuant la queue avec excitation. Il avait flairé quelque chose. Un serpent surgit soudain des hautes herbes et rampa vers la monture de Mordred. Le cheval prit peur et se cabra brusquement en hennissant, les yeux exorbités. Mordred poussa un cri d'angoisse, tira son épée et l'abattit sur le serpent qu'il coupa par la moitié, laissant les deux tronçons se tortiller sur le sol.

Le tambourinage avait cessé. Pendant un instant, je me demandai pourquoi. Et puis la lame nue de Mordred scintilla au soleil, et je compris. Un silence pesant tomba sur la vallée. Je me retournai et vis mon armée dévaler la colline, lances en arrêt. J'entendis mes chevaliers pousser leur cri de guerre, et le sol commença à trembler sous les sabots de leurs chevaux. Je galopai vers eux pour tenter de les arrêter, mais je me rendis compte que cela ne servirait à rien : c'était trop tard. Ils me dépassèrent en trombe, et je fus bientôt emporté par le tourbillon, perdu dans une mêlée confuse de chevaux hennissants et d'hommes hurlants. Excalibur était dans ma main, tournoyant au-dessus de ma tête comme si elle était animée d'une vie indépendante. J'entendis mon propre cri de guerre, mais il me parut sortir d'une autre gorge que la mienne. Frappant d'estoc et de taille, je me frayai un chemin au milieu des ennemis à la recherche de Mordred, de son armure noire et de son bouclier écarlate, sachant que seule sa mort pourrait désormais mettre un terme au massacre. Et puis mon cheval fut tué d'un coup de lance et s'effondra sous moi, et je fus trop occupé à me défendre pour poursuivre mes recherches.

Nous les refoulions pas à pas. Maintenant, c'étaient les hommes de Mordred qui avaient le dos à la mer ; ils se battaient comme des cerfs aux abois. Je frappai, je parai, je tranchai et, finalement, ce fut la débandade. Seulement, ils ne pouvaient s'enfuir nulle part, sauf dans la mer. Comme un forcené, je me lançai à leur poursuite jusqu'à ce qu'il n'y ait plus personne à combattre, plus personne à tuer. Je repartis vers le champ de bataille. Il ne restait pratiquement pas de combattants debout. Autour de moi, le sol était jonché de morts et de mourants dont les râles d'agonie m'assourdissaient. Incapable de les endurer, je lâchai Excalibur

et me bouchai les oreilles avec mes deux mains. Ce fut à ce moment-là seulement que je m'aperçus que j'étais blessé. Mon casque était fendu, et je sentais le froid du vent sur ma plaie.

À quelque distance de là, je vis Bedivere se mettre debout et Bercelet se frayer un chemin à travers le champ de bataille. J'eus l'impression que Bedivere criait en me faisant des signes, mais je n'entendis pas ce qu'il me disait. Quelque chose me fit tourner les talons. Mordred, tenant sa grande épée à deux mains, se dirigeait vers moi en titubant. Sa chevelure était engluée de sang et de boue, et il haletait. Je ramassai Excalibur, courus vers lui et lui fis facilement sauter son arme des mains. Il resta planté devant moi, chancelant et sans défense. Je posai la pointe d'Excalibur sur son cou mais, au moment d'appuyer, je croisai son regard et vis au fond de ses yeux le petit garçon, le nouveau-né que j'avais eu envie de tuer, tellement d'années auparavant, et il me sembla entendre à nouveau la voix de Merlin : « Ne vous ai-je pas appris que le mal ne peut jamais détruire le mal ? Seul le bien peut y parvenir. » Je fus incapable d'enfoncer la lame.

— Non, dis-je. Un père ne peut pas tuer son fils. (Il me regarda avec stupeur.) C'est la vérité, Mordred, je suis votre père et vous êtes mon fils. Vous voyez donc que, de toute façon, vous auriez hérité du royaume après ma mort, et sans tout ce carnage. Je vous l'aurais dit plus tôt si j'avais pu vous faire confiance, ce qui n'a jamais été le cas. Tôt ou tard, vous l'auriez dit à Guenièvre, et je ne voulais pas qu'elle l'apprenne. Seul

Lancelot est au courant, et maintenant vous. Le secret mourra avec nous. (Ne pouvant plus supporter sa vue, je me détournai.) Partez, Mordred. Disparaissez. Ne vous présentez plus jamais devant mes yeux.

— Comme vous voudrez, Père, dit-il doucement, trop doucement.

Maintenant, Bedivere me criait quelque chose en courant vers moi. Je sentis soudain un choc dans mon dos, entre les deux épaules, et je m'effondrai face contre terre, les doigts trop faibles pour tenir Excalibur, puis pour la ramasser. En me retournant sur le dos, je vis Mordred debout au-dessus de moi, brandissant sa grande épée. Il riait à gorge déployée mais, brusquement, ses yeux s'écarquillèrent, terrorisés. J'entendis derrière moi un grondement semblable à celui d'un ours. Bercelet lui planta ses crocs dans la gorge et le secoua comme un lapin. Pendant un instant, ils roulèrent ensemble sur le sol, puis Bercelet prit le dessus, les mâchoires serrées, et l'étrangla jusqu'à ce que Mordred, après quelques derniers soubresauts, gise immobile entre ses pattes.

Bedivere essayait de me relever. Son regard me confirma ce que je savais déjà. Les brumes de la mort se refermaient sur moi et, à travers ce brouillard, je distinguai un lac et je vis un bras se dresser au-dessus de l'eau, le bras à la manche de soie blanche qui m'avait remis Excalibur quelque trente ans plus tôt.

— Est-ce qu'il y a un lac, par ici ? demandai-je.

— Oui, messire, répondit-il.

— Prenez Excalibur, dis-je, emportez-la et jetez-la

dans le lac. Puis revenez me dire que c'est fait. Allez, maintenant, et vite.

Il partit aussitôt, et je me retrouvai seul. Étendu à même le sol, je grelottais dans la froidure du crépuscule lorsque Bercelet vint se coucher à côté de moi pour me réchauffer et me réconforter. Mes yeux se fermèrent, et je vis Bedivere s'approcher du lac, Excalibur à la main. Il leva le bras pour la lancer, mais parut se raviser, regarda nerveusement autour de lui et se pencha pour dissimuler l'épée dans les roseaux. Ce fut la colère qui empêcha les brumes de se refermer sur moi avant son retour.

– Vous m'avez trahi, lui dis-je. Vous ne l'avez pas jetée, vous l'avez cachée.

Il n'essaya pas de nier.

– Croyez-moi, messire, si je l'ai cachée, ce n'était pas dans le but de la voler. Excalibur n'est pas seulement une épée, c'est le symbole de notre espoir, c'est tout ce qui reste de Camelot. Ce n'est pas une chose que l'on peut jeter et perdre à tout jamais.

– Faites ce que je vous dis, Bedivere, répliquai-je en l'agrippant par un bras. Obéissez-moi pour la dernière fois.

Il repartit et, à nouveau, je le vis descendre sur la rive du lac mais, à nouveau, il ne put se résoudre à agir. Cette fois, lorsqu'il revint, il rapportait Excalibur.

– Messire, dit-il en tombant à genoux, ne m'obligez pas à faire cela, je vous en supplie.

– Vous aimez votre roi, Bedivere ? murmurai-je car je pouvais à peine parler.

– Vous le savez bien, messire.

– Alors, pour l'amour de Dieu, faites ce que je vous demande.

Et je retombai en arrière, entraîné dans un tourbillon de ténèbres. Lorsque je repris mes esprits, Bedivere me berçait entre ses bras en pleurant.

– Je l'ai fait ! Je l'ai fait !

– Et qu'avez-vous vu ? lui demandai-je.

– J'ai vu une main, messire, et un bras enveloppé d'une manche de soie blanche. La main s'est tendue, a pris Excalibur et l'a entraînée au fond du lac. Et cela sans que l'eau ait jamais frémi, messire, pas même une simple ride.

– C'est bien, chuchotai-je.

Je levai les yeux vers le ciel pour la dernière fois et vis une effraie blanche passer en planant sur des ailes silencieuses. C'est tout ce que je me rappelle jusqu'au moment où j'entendis des vagues clapoter autour de moi : j'étais couché au fond d'un bateau. Dame Nemue se penchait sur moi, et cinq autres dames, toutes vêtues de noir, m'entouraient. Derrière elles, Bercelet, debout à la proue, scrutait la mer. Je distinguai à peine la silhouette de Bedivere, tout seul sur le rivage. Je voulus lui faire signe, mais j'étais si faible que je ne pus lever la main.

– Je vous avais dit que nous nous reverrions à Camlaan, dit dame Nemue et je me rappelai alors où j'avais entendu ce nom. Oh, Arthur, ce jour est le plus triste qui ait jamais existé, mais vous vivrez et vous reviendrez. L'arbre a pu se flétrir et mourir, mais vous êtes le gland et votre temps s'épanouira de nouveau.

– Où allons-nous ? lui demandai-je.

– À Lyonesse, répondit-elle. Dans un endroit où nous pourrons veiller sur vous, où vous pourrez vous reposer. Un endroit où personne ne vous découvrira jamais.

Le gland

Quelque part, au loin, une corne de brume mugit et fit reprendre ses esprits au jeune garçon. Bercelet se redressa brusquement, le museau couvert de cendre. Arthur Pendragon se mit à rire.

– Et voilà comment nous sommes arrivés ici, dit-il, et comment nous y sommes restés durant près de quatorze cents ans. Et, jusqu'à aujourd'hui, dame Nemue avait raison : personne ne nous y a jamais découverts. Et puis tu es venu, mais j'en suis heureux. Nous le sommes tous les deux, n'est-ce pas, Bercelet ? J'ai toujours eu envie de raconter mon histoire, notre histoire, telle qu'elle a été, telle qu'elle s'est déroulée. Je veux que les gens connaissent la vérité, tu comprends, le bon comme le mauvais, et qu'ils sachent que je reviendrai si jamais ils ont besoin de moi. Tu leur diras, n'est-ce pas ?

Le garçon hocha la tête. La corne de brume retentit à nouveau.

– Je crois que je ferais mieux de rentrer à la maison, dit-il. Ils doivent être partis à ma recherche. Ils sont sûrement très inquiets.

255

Le sel avait raidi ses vêtements, mais ils étaient maintenant secs et chauds. Il frissonna de plaisir en les enfilant et chercha des yeux son sac à dos, mais il se rappela qu'il l'avait oublié à Great Ganilly. Ils montaient le grand escalier de pierre lorsque le garçon se décida à poser la question qui lui brûlait les lèvres.

— Et Lancelot ? se risqua-t-il à demander. Et Guenièvre ? Qu'est-ce qu'il leur est arrivé ?

Arthur Pendragon s'arrêta et le regarda, deux marches plus bas.

— Ils ont vieilli et ils sont morts, comme tout le monde. Dame Nemue m'a appris que Guenièvre avait fini ses jours dans un couvent. Quant à Lancelot, il s'était fait ermite, et lorsqu'il s'est éteint à son tour, on l'a enterré à côté d'elle. (Ses yeux s'emplirent de larmes.) Ils me manquent tous les deux. Au bout de si longtemps, ils me manquent encore.

Il reprit son ascension, mais le garçon avait encore une question à lui poser et il le tira par son manteau.

— Mais si vous êtes ici depuis quatorze siècles, comment se fait-il que vous ne soyez pas plus vieux ? Je veux dire : comment se fait-il que vous soyez encore vivant ? Comment se fait-il que Bercelet soit toujours en vie ?

Arthur Pendragon sourit et ébouriffa les cheveux du jeune garçon.

— Une bonne question mérite une bonne réponse, dit-il, et je vais faire de mon mieux. Dans le monde intermédiaire où nous vivons ici, le temps s'écoule pour nous à peu près de la même manière que pour vous. Nous avons des heures, des jours et des années, tout comme vous. Nous vivons avec le temps, mais nous ne le suivons pas. Ici, dans cette caverne, nous sommes en dehors du temps. C'est pour cela que nous ne vieillissons pas avec lui. Alors, te voilà plus avancé ?

— Je n'en suis pas sûr, répondit le garçon, et il s'efforçait encore de comprendre lorsqu'il s'aperçut que les marches les avaient amenés dans une longue galerie éclairée par des torches, à l'extrémité de laquelle on apercevait le jour. Bercelet bondit en avant.

— Regardez comme il aime se promener, dit Arthur Pendragon.

Il entoura de son bras les épaules du garçon tandis qu'ils longeaient la galerie ensemble et débouchaient dans la lueur laiteuse du brouillard, au flanc d'un monticule couvert de fougères et d'ajoncs. Ébloui par la lumière, le garçon ferma un instant les yeux. Lorsqu'il les rouvrit, six formes sombres se dressaient dans le brouillard, aussi immobiles que des rochers.

— Le bateau est prêt, dit l'un des rochers qui s'avança et devint une dame vêtue de noir.

— Je vous présente dame Nemue, dit Arthur Pendragon, ma protectrice et ma gardienne. (Dame Nemue inclina la tête, mais garda le silence.) J'ai l'impression que je ne connais même pas ton nom, reprit-il. Mais peu importe, je ne t'oublierai pas. Et pour que tu ne m'oublies pas non plus, je vais te faire un cadeau. C'est une bien petite chose, mais peut-être la verras-tu grandir. (Il rit, fouilla dans sa poche et en sortit un gland.) Il provient de l'arbre de Merlin, dans la cour de Camelot. Tiens, dit Arthur en tendant le gland au garçon. Plante-le et pense à moi.

Ils escaladèrent les rochers et traversèrent la plage, précédés de Bercelet qui gambadait dans les flaques d'eau. L'étrave d'un bateau surgit du brouillard et s'échoua sur le sable.

— Monte, dit Arthur Pendragon. Ne t'inquiète pas, il te ramènera chez toi.

Bercelet apporta un morceau de bois au garçon, mais refusa ensuite de le lâcher. Le garçon le secoua comme s'il serrait la main au chien, puis leva les yeux vers Arthur Pendragon, suzerain de Bretagne, en se demandant s'il devait se prosterner. Il jugea que cela ne s'imposait pas et se contenta de sourire.

Le garçon courut dans l'eau et sauta à bord. Le bateau se mit aussitôt en mouvement, et le brouillard se referma autour de lui. Le garçon se dirigea en titubant vers le gouvernail, mais s'arrêta en constatant que celui-ci se déplaçait tout seul, par ses propres moyens. En se retournant vers le rivage, il ne distingua plus qu'une silhouette sombre. Espérant que c'était Arthur Pendragon, il agita le bras.

La corne de brume du rocher de l'Évêque lui fournit un semblant d'indication sur sa position, quelque part entre St Martin's et Tresco, estima-t-il. Mais le bateau, lui, savait parfaitement où il allait. Cela, le garçon n'en douta pas un seul instant. C'était apparemment une embarcation assez ordinaire, longue et basse, gréée d'une unique voile blanche. Elle était plus large que les voiliers rapides auxquels il était accoutumé, plus haute de bastingage et au moins deux fois plus longue. Le plus étrange, c'était que, alors qu'elle naviguait dans la houle de la pleine mer, il n'y avait ni roulis ni tangage, aucun mouvement d'aucune sorte. Le bateau semblait flotter dans l'air.

Le garçon s'assit à côté de la barre, et ses pensées

s'orientèrent vers la maison de ses parents. Il éclata de rire. Il y avait maintenant plus de vingt-quatre heures qu'il avait disparu, et tout le monde devait le croire mort. Peut-être avait-on découvert son sac à dos sur Great Ganilly. Morris Jenkins, à St Martin's, se vantait sûrement d'être le dernier à l'avoir vu vivant. Son retour donnerait certainement lieu à un tas d'étreintes, d'embrassades et de pleurs, perspective qui ne le séduisait pas particulièrement. Après quoi viendraient les questions. Qu'est-ce qu'il allait bien pouvoir leur raconter ? Ce problème occupa à peu près exclusivement ses pensées, mais il n'avait pas commencé à élaborer l'ombre d'une explication plausible lorsque l'embarcation doubla la balise, à l'entrée du détroit de Tresco. Il était presque arrivé.

Le bateau vint se ranger le long du quai de Bryher sans même l'effleurer. Le garçon regarda autour de lui. Dieu merci, grâce au brouillard, il n'y avait pas une âme dans les parages. Personne ne l'avait vu. Il sauta à terre et courut le long du quai. Quelqu'un jouait de l'orgue dans l'église, dont les lumières étaient allumées. Les mâts d'invisibles voiliers grinçaient dans le détroit de Tresco. Il regarda derrière lui, le long du quai : le bateau s'était déjà évanoui dans le brouillard.

Il rentra chez lui en courant tout le long du chemin. En arrivant à la grille du jardin, il se ressaisit, décida qu'il lui suffirait d'improviser au fur et à mesure, ouvrit la porte de la maison et fit irruption dans la cuisine en s'écriant :

– C'est moi !

Toute la famille était en train de dîner, et la télévision était allumée dans son coin.

– Qui cela pourrait-il être d'autre ? dit sa mère en souriant.

– Les crevettes n'ont rien donné, si je comprends bien ? dit son père en repoussant son assiette.

Il avait dû leur dire qu'il allait à la pêche aux crevettes. Impossible de se souvenir. Il avait l'impression de les avoir quittés depuis si longtemps !

– Non, répondit-il.

– Chut ! fit sa sœur sans détourner les yeux de l'écran de la télévision.

Le garçon ressortit de la cuisine sans un mot et monta lentement l'escalier, l'esprit en déroute. Il s'assit sur son lit. Le gland qu'il tenait dans sa main prouvait qu'il n'avait pas rêvé. D'ailleurs, il avait bel et bien perdu son sac à dos et le cadran de sa montre était indéniablement embué : il avait indiscutablement rencontré Arthur Pendragon. Tout cela était vrai. Et cependant, la pendulette à quartz, sur sa table de chevet, lui montrait qu'il n'avait été absent que durant quelques heures, qu'on était le même jour que la veille. Les mots d'Arthur Pendragon résonnèrent dans sa tête : « Ici, dans cette caverne, nous sommes en dehors du temps. »

Il planta le gland le soir même, à l'abri de la haie de thuyas, au fond du jardin. Lorsqu'il ouvrit sa fenêtre, le lendemain matin, il s'attendait presque à voir un chêne tout poussé. Il fut déçu mais, en même temps, soulagé : voilà au moins une chose qu'il n'aurait pas à expliquer. Un rouge-gorge vint se poser dans le laurier, sous sa fenêtre, l'observa un instant, puis se mit à chanter de tout son cœur, et le garçon se rappela un autre rouge-gorge, à un autre endroit et à une autre époque.

Table des matières

Michael Morpurgo
L'auteur

Michael Morpurgo est né en 1943 à St Albans, en Angleterre. À dix-huit ans, il entre à la Sandhurst Military Academy puis abandonne l'armée, épouse Clare, fille d'Allen Lane, fondateur des éditions Penguin, à l'âge de vingt ans, et devient professeur. En 1982, il écrit un premier livre, *Cheval de guerre*, qui lance sa carrière d'écrivain. Il a, depuis, signé plus de cent livres, couronnés de nombreux prix littéraires dont les prix Sorcières et Tam-Tam en France, et qui font de lui l'un des auteurs les plus célèbres et les plus appréciés de Grande-Bretagne. En 1978, dans le Devon, lui et Clare ouvrent une ferme à des groupes scolaires de quartiers urbains défavorisés pour leur faire découvrir la campagne et les animaux. Les Morpurgo dirigent aujourd'hui trois fermes où ils reçoivent chaque année plus de 3 000 enfants. Ils ont été décorés par la reine de l'ordre du British Empire pour leurs actions destinées à l'enfance. En 2006, Michael est devenu officier du même ordre pour services rendus à la littérature. Il a également imaginé la création du poste de Children's Laureate, une mission honorifique dédiée à la promotion du livre pour enfants, que Quentin Blake, Jacqueline Wilson et lui-même ont déjà occupé. Michael défend la littérature pour la jeunesse sans relâche à travers tous les médias, mais aussi dans les écoles et les bibliothèques qu'il visite en Grande-Bretagne et dans le monde entier, dont la France, qu'il apprécie particulièrement. Père de trois enfants, il a sept petits-enfants.

Michael Foreman
L'illustrateur

Illustrateur majeur de sa génération, **Michael Foreman** est né en 1938 dans un village de pêcheurs du Suffolk, en Angleterre. Après des études d'art à la Royal Academy de Londres, il a enseigné dans les plus prestigieuses écoles d'art de la capitale britannique, dont le Royal College of Art. Sa passion pour les voyages l'a conduit en Afrique, au Japon, dans l'Arctique, en Chine et en Sibérie, où il a collecté des idées pour ses livres. Il a mis en images plus de cent soixante-dix ouvrages, de Shakespeare à son complice et ami Michael Morpurgo, et est également auteur. Il illustre aussi bien ses propres récits que ceux d'autres écrivains, considérant cette dernière activité comme « une autre sorte de voyage, tout aussi enrichissante ». Michael Foreman a reçu les plus hautes distinctions de l'art graphique, et ses ouvrages sont traduits dans de nombreuses langues.

Découvre d'autres livres
de **Michael Morpurgo**

dans la collection

Les chevaliers de la Table ronde
au service de l'Église et des princes

Nous voyons aujourd'hui les chevaliers comme des guerriers qui combattaient pour des causes justes. Ainsi, les personnages du *Roi Arthur* affrontent des figures du mal, comme des dragons ou des chevaliers félons, et veulent établir la justice au royaume de Logres. Mais ce sont des héros de légendes. Ils ont peu à voir avec les vrais chevaliers qui ont dominé l'Europe de l'an mille au XIIIe siècle et dont le mode de vie réel était si brutal que l'Église et les princes ont voulu les civiliser. Les romans de chevalerie ont donc servi à leur proposer de nouveaux comportements.

Des romans composés pour des guerriers
Les chevaliers sont, par définition, ceux qui combattent à cheval. La lance sert à désarçonner l'adversaire : « Je m'élançai vers lui, mon bouclier plaqué contre ma poitrine, le corps couché sur ma lance, toutes les fibres de mon énergie concentrées sur la pointe de ma lance et cette pointe braquée sur le centre de son bouclier, sur son cœur. [...] Le roi Pelinore me souleva de ma selle et m'envoya mordre la poussière, le souffle coupé » (p. 62).

L'épée est non seulement l'arme du corps à corps mais aussi un signe de noblesse ou de royauté. Arthur, par exemple, devient roi en arrachant l'épée plantée dans le rocher. « Le soleil se réfléchit sur la lame, et la foule fit brusquement silence. Certains se signèrent, d'autres se mirent tout de suite à genoux. » (p. 40) On devient également chevalier en recevant une épée. Si Perceval ne combat le chevalier doré qu'avec un javelot, c'est qu'il n'est pas encore chevalier. Il le devient quand Arthur pose sa propre épée sur lui. C'est ce que l'on appelle la cérémonie de « l'adoubement ».

Armé, le chevalier combat à la guerre et dans les tournois. Ces deux activités ont le même but : gagner sa vie et non faire régner la justice. Au combat, le chevalier ne cherche pas à tuer ses adversaires mais à faire des prisonniers qui paieront une rançon pour redevenir libres. Il veut aussi prouver sa valeur et trouver un protecteur puissant qui lui donnera une terre, un fief et, peut-être, une épouse.

Quand ils se déplacent, les chevaliers se nourrissent aux dépens des paysans des villages qu'ils traversent, ou des commerçants qu'ils rencontrent sur les routes. Peu leur importe si ces gens appartiennent au même seigneur qu'eux : ce sont des gens qui travaillent. Ils ne sont donc rien à leurs yeux. C'est pourquoi ils n'apparaissent jamais dans les romans de chevalerie, qui ne s'adressent qu'aux guerriers.

Le Graal, un idéal religieux proposé aux chevaliers

L'Église cherche dès le XIᵉ siècle à limiter leur brutalité ou à la rendre utile. Pour ne pas offenser Dieu, elle interdit la guerre et les tournois chaque semaine, du vendredi au dimanche, ainsi qu'au moment des grandes fêtes comme Pâques et Noël.

Dans *Le Roi Arthur*, Galaad incarne le chevalier parfait : « Il était le plus souvent à la chapelle en compagnie des moines, à parler, à réfléchir et à prier avec eux. Ce furent les moines qui lui fabriquèrent un grand bouclier blanc blasonné d'une croix rouge » (p. 186). Aux XIIe et XIIIe siècles, un tel modèle évoque les Templiers et les Hospitaliers, ces moines soldats qui se consacrent à la croisade contre les musulmans, à Jérusalem et en Terre sainte, sur les lieux où le Christ a vécu. Ainsi, Galaad porte sur son bouclier la croix des chevaliers croisés et c'est lui, après les vaines tentatives de héros imparfaits comme Lancelot ou Yvain, qui obtient finalement le Graal. Cette coupe mystérieuse, censée avoir recueilli le sang du Christ, peut apparaître comme l'image poétique du paradis qui est la récompense promise par l'Église aux chevaliers qui mettent leurs armes à son service.

Placer les chevaliers sous la dépendance des princes

Au XIIe siècle, l'enrichissement de l'Europe s'accélère. Le roi d'Angleterre, le roi de France et les grands comtes disposent d'une puissance et d'une richesse toujours plus importantes. Ceux-ci ordonnent à des lettrés de mettre par écrit les très anciennes légendes celtiques, jusqu'alors récitées dans les châteaux. Ces premiers romanciers vont les tranformer pour plaire à leurs maîtres, en enseignant aux chevaliers de nouvelles façons de servir les princes.

Ainsi, les chevaliers doivent combattre pour le roi Arthur et revenir à sa cour à la Pentecôte. À cette occasion, tous s'assoient autour de la Table ronde et racontent leurs aventures. Se trouvent ainsi résumées de façon poétique les deux grandes obligations des vassaux envers leur seigneur : combattre pour lui et le conseiller. Jusqu'au XIIᵉ siècle, leur récompense est un fief, c'est-à-dire un château et une terre où va vivre le vassal. Mais, pour les princes, cette récompense peut présenter un grave inconvénient : une fois installé sur son domaine, le vassal devient pratiquement indépendant.

Aussi les grands préfèrent-ils souvent récompenser leurs chevaliers en les payant, donc en les gardant près d'eux pour mieux les contrôler. Les chevaliers de la Table ronde sont des modèles de chevaliers dépendants : ils combattent pour leur roi ou résident à sa cour.

Le chevalier et sa dame

Lorsqu'ils vivent à la cour, les chevaliers doivent adopter une nouvelle attitude avec les femmes : c'est ce que l'on appelle l'« amour courtois », un nouveau mode de relations avec les femmes qui ne sont plus considérées comme de simples objets à prendre, éventuellement par la force, comme elles l'ont été durant des siècles.

On peut être surpris, dans *Le Roi Arthur*, que Lancelot aime Guenièvre et que Tristan aime Iseut, c'est-à-dire l'épouse même de leur roi. Mais dans la conception de l'amour courtois, ils ne sont pas coupables. Au contraire, les romans les donnent en exemple : se mettre au service de la dame, l'épouse du seigneur, est une preuve de respect pour celui-ci. Le chevalier respecte aussi l'Église qui les a mariés. C'est ce que pense Arthur lorsqu'il apprend que Lancelot est amoureux de Guenièvre : « Pourquoi n'aimerions-nous pas tous deux la même femme ? Il ne l'avait pas touchée. Il ne l'avait aimée qu'en esprit. S'il m'avait trahi, c'était uniquement par la pensée. Et il me l'avait avoué. Il s'était montré honnête envers moi. » (p. 127) En revanche, avoir des relations sexuelles avec l'épouse de son suzerain est criminel car cela remet en cause et le mariage et la descendance du roi. La faute de Guenièvre et Lancelot va ainsi provoquer la catastrophe qui met fin à la puissance et à la vie d'Arthur. Le roman souligne par là l'extrême gravité de leur acte et enseigne aux chevaliers la nécessité nouvelle de respecter les femmes.

Les légendes du roi Arthur reflètent donc les mœurs et les croyances de leur époque. Elles ont été l'un des points de départ de la littérature du Moyen Âge. Le livre de Michael Morpurgo, écrit en 1994, montre qu'elles continuent à se transformer, et donc à vivre de nos jours. Même modernisées, elles conservent et nous transmettent les traces d'un très lointain passé.

Michel Vorsanger

Le papier de cet ouvrage est composé de fibres naturelles, renouvelables,
recyclables et fabriquées à partir de bois provenant
de forêts gérées durablement.

Photocomposition : CPI Firmin-Didot

Loi n° 49-956 du 16 juillet 1949
sur les publications destinées à la jeunesse
ISBN : 978-2-07-061257-4
Numéro d'édition : 265023
Premier dépôt légal dans la même collection : septembre 1995
Dépôt légal : janvier 2014

Imprimé en Espagne par Novoprint